Rudolf Eucken

Ueber den Sprachgebrauch des Aristoteles

SALZWASSER
VERLAG

Rudolf Eucken

Ueber den Sprachgebrauch des Aristoteles

Unveränderter Nachdruck der Originalausgabe von 1868.

1. Auflage 2022 | ISBN: 978-3-37505-052-8

Verlag: Salzwasser Verlag GmbH, Zeilweg 44, 60439 Frankfurt, Deutschland
Vertretungsberechtigt: E. Roepke, Zeilweg 44, 60439 Frankfurt, Deutschland
Druck: Books on Demand GmbH, In de Tarpen 42, 22848 Norderstedt, Deutschland

UEBER DEN

SPRACHGEBRAUCH DES ARISTOTELES.

BEOBACHTUNGEN UEBER DIE PRAEPOSITIONEN.

VON

RUDOLF EUCKEN,

DR. PHIL., LEHRER AN DER GELEHRTENSCHULE ZU HUSUM.

BERLIN,
WEIDMANNSCHE BUCHHANDLUNG.
1868.

DEN

HOCHVERDIENTEN MEISTERN

TRENDELENBURG UND BONITZ

IN

DANKBARER VEREHRUNG

GEWIDMET.

Vorliegende Arbeit über den Gebrauch der Präpositionen ist eine Fortsetzung meiner Untersuchungen über die Sprache des Aristoteles, als deren erster Theil die Dissertation observationes de particularum usu 1866 erschien. Die wohlwollende Aufnahme, welche derselben von vielen Seiten zu Theil wurde, bestärkte meinen Entschluss zur Fortsetzung. Ich habe nun alle unter Aristoteles Namen überlieferten Schriften zur Beobachtung herangezogen, sowie auch nebenbei die beiden Hauptwerke Theophrasts über die Pflanzen verglichen. Bei der Darstellung des Gefundenen kam es natürlich besonders darauf an, die Eigenthümlichkeiten der Sprache des Aristoteles hervorzuheben, während da, wo sich Uebereinstimmung mit dem gewöhnlichen Gebrauche zeigte, eine kurze Hinweisung darauf genügte.

Leider war es mir bei der entfernten Lage meines Wohnortes nicht möglich, die Literatur über die Aristotelischen Schriften in genügender Weise zu benutzen, oft mag dieser Mangel störend empfunden werden, und bitte ich nur, dass man in derartigen Fällen den Grund nicht in einer absichtlichen Vernachlässigung suchen wolle.

Husum, im April 1868.

Präpositionen mit dem Genitiv.

Ἀντί, ἀπό, ἐκ, πρό; ἄνευ, ἄχρι, μέχρι, ἕνεκα, χάριν, ἕως.

Ἀντί wird durchaus regelmässig gebraucht. An einigen Stellen entsprechen sich die beiden in Vergleichung gestellten Glieder nicht genau, z. B. de part. anim. 657b 33: ἀλλ' ἀντὶ ταύτης τῆς φυλακῆς πάντα σκληρόφθαλμα ἐστίν. Poet. 1449a 4: οἱ μὲν ἀντὶ τῶν ἰάμβων κωμῳδοποιοὶ ἐγένοντο, οἱ δὲ ἀντὶ τῶν ἐπῶν τραγῳδοδιδάσκαλοι. Etwas schwieriger sind solche Stellen, wo ἀντί gewissermassen eine causale Bedeutung annimmt, aber auch hier schwebt doch in den ächten Schriften immer eine Vergleichung vor. So z. B. Eth. N. 1110a 19: ἐπὶ ταῖς πράξεσι δὲ ταῖς τοιαύταις ἐνίοτε καὶ ἐπαινοῦνται, ὅταν αἰσχρόν τι ᾖ λυπηρὸν ὑπομένωσιν ἀντὶ μεγάλων καὶ καλῶν. 30: ἔστι δὲ χαλεπὸν ἐνίοτε διακρῖναι ποῖον ἀντὶ ποίου αἱρετέον καὶ τί ἀντὶ τίνος ὑπομενετέον. Welche Bedeutung hier ἀντί habe, ist klar, wenn man 22 vergleicht: τὰ γὰρ αἴσχισθ' ὑπομεῖναι ἐπὶ μηδενὶ καλῷ ᾖ μετρίῳ φαύλου. Sodann ist für diesen Gebrauch von ἀντί zu vergleichen Rhet. 1377a 15: οὐ λαμβάνει δ', ὅτι ἀντὶ χρημάτων ὅρκος. In unächten Schriften wird ἀνθ' ὧν wohl geradezu causal gebraucht. Probl. 952b 11: διὸ οὐ παντελῶς ἂν εἶεν πονηροὶ διὰ τέλους, ἀνθ' ὧν ὁ νομοθέτης ἐλάττω αὐτοῖς τὰ ἐπιζήμια ἐποίησεν.

Ἀπό.

Die locale und temporale Bedeutung ist die gewöhnliche. Ἀπ' ἄκρου von der Spitze, vom Ende histor. anim. 556b 17, (wenn hier nicht mit P ἐπ' ἄκρου an der Spitze zu schreiben ist; mehrfach haben, wo ἐπ' ἄκρου feststeht, einzelne Handschriften ἀπ', so hist. anim. 502b 9, de part. anim 691a 7, de generat. anim. 785a 35) Mechan. 857a 5, 10, Probl. 906a 11; ἀπ' ἀρχῆς heisst von Anfang an, s. de part. an. 655 b 28: νῦν δὲ λέγωμεν οἷον ἀπ᾽ ἀρχῆς πάλιν, wie sonst wiederholt ἐξ ὑπαρχῆς steht. Doch dann bedeutet es auch anfänglich, zu Anfang, dem Späteren entgegengesetzt, gerade so wie ἐξ ἀρχῆς, s. Poet. 1449 a 10; γενομένη δ᾽ οὖν ἀπ᾽ ἀρχῆς αὐτοσχεδιαστικὴ καὶ αὐτὴ καὶ ἡ κωμῳδία, καὶ ἡ μὲν ἀπὸ τῶν ἐξαρχόντων τὸν διθύραμβον, ἡ δὲ ἀπὸ τῶν τὰ φαλλικά, ἃ ἔτι καὶ νῦν ἐν πολλαῖς τῶν πόλεων διαμένει νομιζόμενα, κατὰ μικρὸν ηὐξήθη ff. In derselben Bedeutung wird in späteren Schriften bisweilen ἀπὸ πρώτης gebraucht, de color. 798 b 26: πολὺ γὰρ ἁπάντων ἀπὸ πρώτης ἀσθενέστερόν τι γίνεται τὸ θερμὸν ἢ καθ᾽ ὃν χρόνον ἄρχεται τὰ τριχώματα αὐτῶν λευκαίνεσθαι. Probl. 965 a 34: διὰ τί μετὰ τὰ σιτία φρίττομεν πολλάκις; ἢ ὅτι ψυχρὰ εἰσπορευόμενα ἀπὸ πρώτης κρατεῖ μᾶλλον τοῦ φυσικοῦ θερμοῦ ἢ κρατεῖται; Aehnlich findet sich auch ἐκ πρώτης Probl. 869 b 24.

Sodann bezeichnet ἀπό temporal gebraucht die unmittelbare Folge, s. anal. post. 94 b 11: ἀπὸ δείπνου περιπατεῖν, ebenso Soph. El. 172 a 8. Probl. 941 b 19: οὐκ εὐθὺ δὲ ἀπὸ τροπῶν ποιεῖ τοῦτο διὰ τὸ βραχυτάτας ποιεῖσθαι τὰς μεταστάσεις τότε, ἀλλ᾽ ἐν τῇ πεντεκαιδεκάτῃ. Ἀφ᾽ ἑσπέρας heisst mit einbrechendem Abend, am Abend, s. Meteor. 343 b 19, 344 b 34, 345 a 3, öfter auch in den Problemen. Der ursprünglichen Bedeutung der Trennung und Entfernung steht ganz nahe der Gebrauch, der sich namentlich in den logischen Schriften findet: ἀπόφασις ἀπὸ τινός, s. de interpret. 17 a 26, b 40, anal. pr. 47 b 3, 64 a 14, 65 a 33, anal. post. 72 a 14. s. darüber Trendelenburg Elementa logic. Aristot.

§ 4. Dem Ausgehen von etwas ist verwandt das Herrühren, und in dieser Bedeutung wird ἀπό sehr oft angewandt. So ist ein häufiger Ausdruck ἡδονή, λύπη ἀπό, s. z. B. Eth. N. 1173 b 29, 1174 a 10, Poet. 1453 a 36, in den unächten Schriften auch ἥδεσθαι ἀπό Probl. 950 a 10; namentlich in der Politik findet sich oft ἄρχειν ἀπὸ τιμημάτων auf Grund von; sodann vergl., um nur einige Beispiele anzuführen, Eth. Nic. 1180 b 34: ἐν μὲν γὰρ τοῖς

ἄλλοις οἱ αὐτοὶ φαίνονται τάς τε δυνάμεις παραδιδόντες καὶ
ἐνεργοῦντες· ἀπ᾽ αὐτῶν. Pol. 1275 a 10: τοῦτσ᾽ γὰρ ὑπάρχει καὶ τοῖς ἀπὸ συμβόλων κοινωνοῦσιν. 1286 b 10: ἔτι
δ᾽ ἀπ᾽ εὐεργεσίας καθίστασαν τοὺς βασιλεῖς. In einigen Wendungen kann durch ἀπό auch das Mittel ausgedrückt
werden, so z. B. Eth. N. 1122b 13: ἀπὸ τῆς ἴσης δαπάνης
τὸ ἔργον ποιήσει μεγαλοπρεπέστερον. Ohne Schwierigkeit erklären sich gewisse Wendungen, die fast adverbial gebraucht werden, wie ἀπὸ τύχης, ἀπὸ ταὐτομάτου, ἀπὸ συμ-
πτώματος, s. Polit. 1274 a 12, 1306 b 6, Phys. 199 a 1, 3, 4,
ἀπὸ τέχνης, ἀπὸ μηχανῆς Poet. 1454 b 1, ἀπὸ φύσεως Met.
1032 a 30, ἀφ᾽ ἕξεως Eth. N. 1117 a 19, 1157 b 31, Rhet.
1354 a 7, ἀπ᾽ ἐπιστήμης Met. 985 a 16, ἀπὸ διανοίας Met.
1049 a 5, 1065 a 27, Phys. 198 a 4, Rhet. 1417 a 23, ἀπὸ
προαιρέσεως, wofür das gewöhnliche ἐκ προαιρέσεως, Rh.
1417 a 24, und in manchen andern Wendungen. Gewöhnlich fehlt hier der Artikel, nur wird immer ἀπὸ ταὐτομάτου
gesagt, weshalb auch Phys. 196 a 2 der Artikel herzustellen ist.
In den ächten Schriften findet sich niemals ἀπό gleichbedeutend mit ὑπό beim Passiv, sondern alle Fälle, wo es bei demselben steht, erklären sich leicht aus der gewöhnlichen Bedeutung von ἀπό, dagegen finden sich in manchen unächten
Schriften Stellen, wo ἀπό gleich ὑπό steht, vergl. z. B. Probl. 887
a 22, Rhet. ad Alex. 1424 a 15, 27. In den unächten Schriften steht
ferner ἀπό öfter, wo ἐκ das regelmässige wäre, so θεωρεῖν
ἀπό de mundo 399 b 22, συνιδεῖν ἀπό Physiogn. 810 a 12,
ἀπ᾽ ἐναντίας statt des gewöhnlichen ἐξ ἐναντίας Mech. 856 b 6.

Von einzelnen besondern Redensarten mögen noch angeführt
werden Top. 163 b 28: ἀπὸ στόματος ἐξεπίστασθαι auswendig
wissen; Pol. 1271 a 28: ἀπὸ κοινοῦ auf öffentliche Kosten
(ἐκ κοινοῦ s. Pol. 1272 a 20); ἀπ᾽ ἀντικρύ hist. anim. 554 a 29
steht in einem Capitel, was mehrere Abweichungen vom Aristotel.
Sprachgebrauch enthält. Eigenthümlich ist Eth. N. 1168 a 32:
ἐγκαλοῦσι δὴ αὐτῷ ὅτι οὐθὲν ἀφ᾽ ἑαυτοῦ πράττει. ἀφ᾽ ἑαυτοῦ
bedeutet hier nicht „von selbst" sondern οὐθὲν ἀφ᾽ ἑαυτοῦ

heisst: nichts, was ihm fern liegt, nicht ihn selbst angeht. χωρὶς ἀπό heisst abgesehen von Pol. 1262 b 40: τοῦτο δ᾽ ἄν τις καὶ χωρὶς σκέψαιτο ἀπὸ τῶν περὶ τὰ τέκνα καὶ τὰς γυναῖκας νενομοθετημένων. πόρρω ἀπό s. de caelo 345 b 5, wenn hier nicht mit F H N ἀπό auszulassen ist, da gewöhnlich πόρρω allein mit dem Genitiv steht, Probl. 917 b 14 dagegen steht fest: πόρρω ἀφ᾽ ἡμῶν. ἐκτός ἀπό, wofür sonst ἐκτός allein, s. Probl. 897 b 6.

Ἐκ.

Aus dem gewöhnlichen localen Gebrauch sind Ausdrücke zu bemerken wie ἐκ τοῦ πλαγίου, ἐκ τῶν πλαγίων, ἐκ πλαγίων Probl. 912 b 28, ἐκ πλαγίου hist. anim. 505 a 2, 6, 529 b 9, 531 a 20, de part. anim. 687 b 11, 13, 688 a 14, de incess. anim. 713 a 6, ἐκ πλαγίας Meteorol. 372 a 11, 378 a 9 (dieselbe Stelle Probl. 913 a 2), ἐξ ἄκρου hist. anim. 524 a 6, 526 a 14, 17, 20, b 7, ἐκ πολλοῦ aus weiter Entfernung, in weiter Entfernung hist. anim. 534 b 20, de part. anim. 658 a 5, de gener. anim. 781 b 15, de audibil. 800 b 10, Probl. 942 b 21, Rhet. ad Alex. 1423 a 17, 1426 a 37, ἐκ πάνυ πολλοῦ hist. anim. 533 b 29, ἐκ πολλοῦ χρόνου Rhet. 1354 b 2, Oecon. 1348 b 10, ἐκ παλαιοῦ Eth. N. 1179 b 17, der Gegensatz davon ist ἐκ προσπαίου Eth. N. 1166 b 35, ἐξ ὑπογυίου Rhet. 1354 b 3, 1396 b 6. Oft finden sich Ausdrücke wie ἐκ γενετῆς von Geburt an, ἐκ νέων, ἐκ παίδων Poet. 1448 b 6, Probl. 953 b 5, von Kindheit an, ἐκ νέου Met. 987 a 32, Eth. Nic. 1179 b 31, ἐκ νηπίου Eth. N. 1105 a 2; dagegen nur an einigen Stellen der unächten Schriften: ἐκ πρώτης zuerst, zu Anfang Probl. 869 b 24, ἐκ προτέρου früher, vorher Eth. Eud. 1227 a 13, ἐξ ὑστέρου später; späterhin Probl. 951 b 24, ἐξ ὅτου seitdem Rhet. ad Alex. 1434 a 4. Genauer ist über die Formel ἐξ ἀρχῆς zu sprechen. Zunächst heisst es von Anfang an, dann aber auch anfänglich, zu Anfang, so dass es ganz so wie ἐν ἀρχῇ gebraucht wird. So z. B. Met. 982 b 13: ἐξ ἀρχῆς μὲν τὰ πρόχειρα τῶν ἀπόρων θαυμάσαντες, εἶτα κατὰ μικρὸν οὕτω προϊόντες, 990 a 20: καὶ ἐξ ἀρχῆς καὶ νῦν und ähnlich oft. Dann heisst ἐξ ἀρχῆς auch im Anfange der Untersuchung, s. Pol. 1255a 30: ὅπερ ἐξ ἀρχῆς εἴπομεν, 1258a 19: τὸ ἀπορούμενον ἐξ ἀρχῆς. οἱ ἐξ ἀρχῆς sind die Alten, s. Pol. 1337b 29: τὴν μὲν γὰρ ὡς ἡδονῆς χάριν οἱ πλεῖστοι μετέχουσιν αὐτῆς οἱ δ' ἐξ ἀρχῆς ἔταξαν ἐν παιδείᾳ ff. Aehnlich findet sich οἱ ἐξ ἀρχῆς Probl. 956b 16. Auch Polit. 1261b 2: ἐν τούτοις δὲ μιμεῖσθαι· τὸ ἐν μέρει τοὺς ἴσους εἴκειν ὁμοίως τοῖς ἐξ ἀρχῆς ist hiernach zu erklären (vergl. zu d. St. 1279a 8ff.) Oft steht ἐξ ἀρχῆς so, dass man dafür πρῶτος setzen könnte, so z. B. Met. 983a 24: τὰ ἐξ ἀρχῆς αἴτια, Pol. 1256b 10: ἡ ἐξ ἀρχῆς γένεσις, eine Zeile vorher ἡ πρώτη γένεσις. Wichtig ist der Ausdruck τὸ ἐξ ἀρχῆς, der namentlich in den logischen Schriften häufig ist. Waitz bemerkt dazu zu anal. pr. 40b 32: „ἀρχή (principium) hoc loco est id cuius causa quaestio instituitur, id quod demonstratio assequi vult, τὸ αἴτιον τελικόν." So erklärt sich der Ausdruck τὸ ἐξ ἀρχῆς αἰτεῖν principium petere, worüber zu vergl. ist Trendelenburg Elem. Log. Arist. §42. Ganz ebenso wird τὸ ἐν ἀρχῇ gebraucht. Der Ausdruck ἐξ ὑπαρχῆς findet sich in den Aristotel. Schriften an folgenden Stellen: Soph. El. 183b 20, de anim. 412a 4, hist. anim. 590a 21, de part. anim 685b 29, de gener. anim. 741b 32, 745a 18, Mech. 852b 30, Pol. 1293a 2, Rhet. 1355b 24, es bedeutet entweder von Neuem, s. Rhet. 1355b 24: πάλιν οὖν οἷον ἐξ ὑπαρχῆς ὁρισάμενοι αὐτὴν τίς ἐστι, λέγωμεν τὰ λοιπά, oder zu Anfang hist. anim. 590a 21: ἡ ἐξ ὑπαρχῆς γένεσις, Pol. 1293a 2: διὰ γὰρ τὸ μείζους γεγονέναι πολὺ τὰς πόλεις τῶν ἐξ ὑπαρχῆς.

Ueber den weitern Gebrauch von ἐκ genügt es im Allgemeinen auf die Auseinandersetzung im Buch Δ der Metaphysik Cap. 24 und die Bemerkungen von Bonitz dazu, sowie auf de generat. anim. 724a 20ff zu verweisen. Im ganzen und grossen hat auch die Anwendung von ἐκ keine Schwierigkeiten, es wird demnach im folgenden hauptsächlich nur auf einzelne Eigenthümlichkeiten und gewisse Wendungen hingewiesen werden. Sehr oft bedeutet ἐκ in Folge, so, um nur einige Beispiele anzuführen, hist. anim. 537b 28: ἐκ συνδυασμοῦ τίκτει. Eth. N. 1114a 26: οὐθεὶς γὰρ ἂν ὀνειδίσειε τυφλῷ φύσει ἢ ἐκ νόσου ἢ ἐκ πληγῆς. Poet. 1452a 28: τὸν μὲν συνέβη ἐκ τῶν πεπραγμένων ἀποθανεῖν, τὸν δὲ σωθῆναι. Nicht selten ist der Ausdruck τὰ ἐκ τῶν ἀρχῶν das, was aus den Principien folgt, so Eth. N.1141a 17: δεῖ ἄρα τὸν σοφὸν μὴ μόνον τὰ ἐκ τῶν ἀρχῶν εἰδέναι, ἀλλὰ καὶ περὶ τὰς ἀρχὰς ἀληθεύειν. Wir können hierher manche Redensarten stellen, in denen sich ἐκ mit ἀπό berührt. So ἐκ προνοίας Pol. 1300b 25: περί τε τῶν ἐκ προνοίας καὶ περὶ τῶν ἀκουσίων, Rhet. 1375a 7, gleichbedeutend ἐκ διανοίας wohl nur in spätern Schriften, s. magn. mor. 1188b 26, Rhet. ad Alex. 1426a 36, ἐκ προαιρέσεως de part. anim. 657b 1, Eth. N. 1135b 25, 1136a 1, 1138a 21, Pol. 1252a 28, ἐκ λογισμοῦ καὶ λόγου Eth. N. 1117a 21, ἐκ θυμοῦ Eth. N. 1135b 26, ἐκ παρασκευῆς Eth. N. 1117a 20, hist. anim. 571b 17, ἐκ φύσεως Met. 1032a 16, Eth. N. 1149a 9, ἐξ ἔθους magn. mor. 1203b 30, ἐκ τῆς τέχνης als Gegensatz zu ἄτεχνον Rhet. 1416b 19, und sehr oft ἐξ ἀνάγκης, Eth. Eud. 1223a 11 findet sich verbunden τὰ ἐξ ἀνάγκης ἢ τύχης ἢ φύσεως. Eine erbliche Herrschaft heisst Pol. 1285b 24 eine ἀρχὴ ἐκ γένους.

Sehr oft wird durch ἐκ der Gesichtspunkt ausgedrückt, von dem aus etwas betrachtet wird, und so sind Ausdrücke häufig wie κρίνειν, σκοπεῖν, θεωρεῖν ἐκ, vergl. z. B. Eth. N. 1167b 26: Ἐπίχαρμος μὲν οὖν τάχ᾽ ἂν φαίη ταῦτα λέγειν αὐτοὺς ἐκ πονηροῦ θεωμένους. Vergl. Teichmüller Beiträge zur Erklärung der Poetik des Aristoteles S. 149 ff. ἐκ παντὸς τρόπου auf jede Weise findet sich Top. 101b 8: οὔτε γὰρ ὁ ῥητορικὸς ἐκ παντὸς τρόπου πείσει, οὐδ᾽ ὁ ἰατρικὸς ὑγιάσει. Anal. pr. 45a 7: ἐκ τοῦ προειρημένου τρόπου. Met. 990a 8: ἐκ τίνος τρόπου. In den logischen Schriften findet sich sehr oft der Ausdruck συλλογισμός ἐκ τοῦ πρώτου —, δευτέρου —, τρίτου σχήματος Schluss aus der ersten etc. Figur, ähnlich heisst es auch oft διὰ τοῦ πρώτου — σχήματος. Von einzelnen bemerkenswerthen Ausdrücken sind ferner zu beachten: ἐξ ἴσου in gleicher Lage, Stellung, ἐξ ἐναντίας entgegengesetzt, beide sehr oft, ἐξ ὑποθέσεως nach einer Voraussetzung, entgegenstehend dem ἁπλῶς, s. z. B. Pol. 1278 a 5, 1288 b 28, 1332 a 10, s. Waitz Org. I 428, ἐκ τῶν ὑπαρχόντων nach den vorhandenen Umständen Pol. 1288 b 33, 1323 a 18, Eth. N. 1101 a 2, dieselbe Bedeutung hat ἐκ τῶν ὑποκειμένων Pol. 1288 b 26, eine ähnliche ἐκ τῶν ἐνδεχομένων nach Möglichkeit, aus den möglichen Fällen, besonders in dem Ausdrucke de part. anim. 658 a 23: ἀεὶ γὰρ (ἡ φύσις) ἐκ τῶν ἐνδεχομένων αἰτία τοῦ βελτίονός ἐστίν, vergl. 687 a 16, de inc. anim. 711 a 19; ferner s. Top. 101 b 7, de gener. anim. 765 b 6, Pol. 1330 a 35. Oefter finden sich die Ausdrücke ἐκ προσθέσεως u. ἐξ ἀφαιρέσεως, ersterer anal. post. 87 a 34, 35, 37, de caelo 299 a 17, Met. 982 a 27, 1029 b 30, 1030 b 14, 16, 1031 a 2, 4, 1077 b 10; ἐξ ἀφαιρέσεως (über das Wort ἀφαίρεσις vergl. Trendelenburg Elem. log. Arist. § 36 Anm. 2.) anal. post. 81 b 3, de cael. 299 a 16, de anim. 403 b 15, de part. anim. 641 b 11, Metaph. 1061 a 29, 1077 b 9. Was die Bedeutung anbetrifft, so genügt es auf einige dieser Stellen näher hinzuweisen, s. Met. 982 a 25: ἀκριβέσταται δὲ τῶν ἐπιστημῶν αἱ μάλιστα τῶν πρώτων εἰσίν· αἱ γὰρ ἐξ ἐλαττόνων ἀκριβέστεραι τῶν ἐκ προσθέσεως λεγομένων, οἷον ἀριθμητικὴ γεωμετρίας. s. anal. post. 87 a 34 ff., de caelo 299 a 16: διὰ τὸ τὰ μὲν ἐξ ἀφαιρέσεως λέγεσθαι τὰ μαθηματικά, τὰ δὲ φυσικὰ ἐκ προσθέσεως. ἐκ προσαγωγῆς heisst nach und nach, s. Meteor. 350 b 22, 351 b 9, 368 a 7, Pol. 1306 b 14, 1308 b 16, 1336 a 19, eine ähnliche Bedeutung scheint auch ἐξ ἀναγωγῆς hist. anim. 550 b 11 zu haben. Dagegen heisst ἐξ ὑπαγωγῆς hist. anim. 578 b 7 auf der Flucht (s. 540 a 5). ἐκ διαδοχῆς bedeutet der Reihe nach, in einer Reihenfolge, s. Soph. Elench. 183 b 30, Phys. 228 a 28, Probl. 928 b 2. Der Ausdruck ἐκ περιουσίας ist entgegengesetzt dem ἀναγκαῖον Top. 118 a 6, 8, 12, 14 und wird hier a 12 so erklärt: τὸ δ᾿ ἐκ περιουσίας ἐστίν, ὅταν ὑπαρχόντων τῶν ἀναγκαίων ἄλλα τινὰ προσκατασκευάζηταί τις τῶν καλῶν. Erscheint hier das *ἐκ περιουσίας* als eine Bestimmung des *καλόν*, so kann es auch wohl in schlechtem Sinne dem ernstlichen Streben entgegengesetzt werden, s. Eth. Eud. 1243 a 38: *ἐκ περιουσίας γὰρ διώκουσιν. οἱ πολλοὶ τὸ καλόν.* Ausserdem findet sich *ἐκ περιουσίας* noch Probl. 880 a 10. *Ἐκ παρόδου* nebenbei, der Hauptsache entgegengesetzt, s. de caelo 306 b 27, parva nat. 444 a 28, de generat. anim. 757 a 11.

Oefter dient *ἐκ* mit seinem Substantiv zur Umschreibung, so z. B. wenn es Pol. 1341 b 28 heisst οἱ *ἐκ φιλοσοφίας* die aus der Philosophie, die Philosophen. Verschiedene Ausdrücke sind den unächten Schriften eigenthümlich, so *ἐξ ἐπιπολῆς* auf der Oberfläche Probl. 864 b 25, 890 b 13, bei Aristoteles selbst steht *ἐπιπολῆς* allein so, daher Meteor. 368 a 27, wo sich *ἐξ ἐπιπολῆς* findet, vielleicht *ἐξ* mit cod. E auszulassen ist. Wie ein Adverbium stehen *ἐξ ἑτοίμου* sofort, augenblicklich Rhet. ad Alex. 1445 b 26; *ἐκ σπουδῆς* eilig mirab. 837 a 15.

Πρό.

Aus dem localen Gebrauch ist die Redensart *πρὸ ὀμμάτων* hervorzuheben, die sich namentlich in der Rhetorik häufig findet. Vergl. 1386 a 34, 1405 b 13, 1410 b 33, 1411 a 26, 28, 35, b 4, 6, 8, 22, 24, 25, die Bedeutung wird aus der zuletzt angeführten Stelle klar: *λέγω δὴ πρὸ ὀμμάτων ταῦτα ποιεῖν, ὅσα ἐνεργοῦντα σημαίνει.* S. auch Teichmüller: Beiträge zur Erklärung der Poetik des Aristoteles S. 104 ff.

Was die temporale Bedeutung anbetrifft, so steht vereinzelt da die Stelle hist. anim. 625 b 10: *πρὸ δύο ἢ τριῶν ἡμερῶν ὀλίγαι πέτονται περὶ τὸ σμῆνος* zwei oder drei Tage vorher. Ob sich *πρὸ τοῦ* „vor dem" „vorher" wirklich bei Aristoteles findet, ist mir zweifelhaft. Die Stellen, wo es die Bekkersche Ausgabe hat, sind hist. anim. 636 a 23 in dem Buche *K*, über dessen Aechtheit gestritten wird, 1351 b 15 in dem sicher unächten zweiten Buche der Oekonomik, und endlich an zwei Stellen der Poetik 1453 a 17 und 1454 b 3. An der erstern Stelle hat aber die beste Handschrift A° *πρῶτον*, welche Lesart

wir ohne Zweifel annehmen müssen. Daher werden wir auch
1454 b 3: ἀλλὰ μηχανῇ χρηστέον ἐπὶ τὰ ἔξω τοῦ δράματος
ἢ ὅσα πρὸ τοῦ γέγονεν, ἃ οὐχ οἷόν τε ἄνθρωπον εἰδέναι;
ἢ ὅσα ὕστερον, ἃ δεῖται προαγορεύσεως καὶ ἀγγελίας
zweifelhaft sein, ob nicht statt πρὸ τοῦ vielleicht πρότερον
zu lesen sei. In manchen zweifelhaften oder sicher unächten Schriften steht πρό mit dem Artikel vor einem Infinitiv, wo wir nach dem gewöhnlichen Sprachgebrauch der
ächten Schriften πρίν erwarten. Unter den aristotelischen
Schriften finden sich nur in der Thiergeschichte Beispiele eines
solchen Gebrauchs von πρό. Die Stellen sind hist. anim. 536 a
27, 571 a 3, 572 b 32, 574 b 7, 598 b 28, 611 b 25; Categ.
8 a 8, 10, mirab. 837 a 16, 841 b 31, Probl. 865 b 26, 866 a 26,
884 a 34, 933 a 1, 951 a 27, 966 a 22, Magn. M. 1189 a 33,
1202 b 15 (πρὸ τοῦ ἀκοῦσαι, in der entsprechenden Stelle
der Nikom. Ethik 1149 a 27 steht πρὶν ἀκοῦσαι), Rhet. ad
Alex. 1438 a 24; für gewöhnlich wird dann aber dem Infinitiv
nichts weiter hinzugefügt, doch nicht immer, s. z. B. Rhet. ad
Alex. 1438 a 24: πρὸ τοῦ ταῖς πίστεσι καὶ ταῖς δικαιο-
λογίαις βεβαιῶσαι τὸν λόγον ἡμᾶς.

    Sehr oft bezeichnet πρό sodann den Vorzug, so z. B. wenn
der Sklave Pol. 1253 b 33 ein ὄργανον πρὸ ὀργάνων genannt
wird, ebenso die Hand de part. anim. 687 a 21, wo man nach spä-
term Sprachgebrauch ὄργανον κατ᾽ ἐξοχήν sagen würde. Bisweilen steht πρό auch nach dem Comparativ, s. de part. anim. 656 a
5: τὰ δὲ πρὸς τῷ ζῆν αἴσθησιν ἔχοντα πολυμορφοτέραν ἔχει
τὴν ἰδέαν, καὶ τούτων ἕτερα πρὸ ἑτέρων μᾶλλον. Sodann findet
sich πρό sehr oft in der Formel πρὸ ἔργου und wiederholt auch
πρὸ ὁδοῦ. Die Stellen, wo sich letzteres findet, sind: de caelo 292
b 9, de generat. anim. 718 b 24, 740 a 3, 774 a 13, Mech. 858 a
12, Met. 1044 a 24, Eth. Eud. 1237 a 4, Pol. 1338 a 34.

    Es mögen hier auch gleich die sog. uneigentlichen Präpo-
sitionen, welche den Genitiv regieren, angeschlossen werden,
nämlich ἄνευ, ἄχρι und μέχρι, ἕνεκα und χάριν, ἕως.

.·. Bei ἄνευ ist nur die Stellung bemerkenswerth. Es wird nämlich dem Relativ immer nachgesetzt, während es sonst vor dem regierten Worte steht. Ueber die Stellung beim Relativ vergl. Phys. 208 b 35, Met. 1015 a 20, 22, 1072 b 12, Pol. 1278 a 3, 1291 a 2, 1328 a 23, b 3, 1329 a 34. τὰ ὧν ἄνευ — οὐκ ἂν εἴη sind die nothwendigen Bestandtheile, ohne die etwas nicht bestehen kann. Ein paar Stellen finden sich auch, wo ἄνευ, obwohl nicht beim Relativ, doch nachsteht: Met. 1071 a 2: τῶν οὐσιῶν ἄνευ; Eth. Eud. 1214 b 13: τίνων ἄνευ.

Weit mehr ist über ἄχρι und μέχρι zu bemerken. ἄχρι findet sich in keiner ächt aristotelischen Schrift mit Ausnahme der Thiergeschichte. Dagegen findet es sich in mehreren unächten Schriften und öfter auch bei Theophrast, s. darüber meine Dissertation De Aristotelis dicendi ratione, observationes de particularum usu p. 67. Die Stellen, wo sich ἄχρι in der Thiergeschichte findet, sind 499 a 26, 526 a 13, 530 a 2, 545 a 12, 606 b 8, 619 b 21, in den unächten Schriften: Probl. 862 b 8, 906 a 19, 910 b 29, 929 b 31, 949 b 2, 962 b 19, 20, 964 a 22, de mundo 395 a 22, 397 b 29, mirab. 835 a 26, 846 a 27.

In den ächten Schriften, eben mit Ausnahme der Thiergeschichte, steht nur μέχρι. Aus seinem Gebrauch ist zunächst die Redensart μέχρι τινός zu erwähnen, sie bedeutet: bis zu einem gewissen Punkte, in einem gewissen Grade, wo wir häufig in der Uebersetzung ein „nur" hinzufügen. Der Gegensatz ist das τέλειον oder das ἁπλῶς geltende. S. de part. anim. 682 b 31: ταῦτα μὲν μέχρι τινός, ἐκεῖνα δὲ καὶ τέλεια γίνεται τὴν φύσιν. Pol. 1280 a 9: πάντες γὰρ ἅπτονται δικαίου τινός, ἀλλὰ μέχρι τινὸς προέρχονται, καὶ λέγουσιν οὐ πᾶν τὸ κυρίως δίκαιον. a 21: ἔπειτα δὲ καὶ διὰ τὸ λέγειν μέχρι τινὸς ἑκατέρους δίκαιόν τι νομίζουσι δίκαιον λέγειν ἁπλῶς. S. de caelo 294 b 6, Eth. N. 1137 a 30. Eth. N. 1150 a 17 ist wohl eine kleine Aenderung vorzunehmen: ἐπεὶ δ' ἔνιαι τῶν ἡδονῶν ἀναγκαῖαί εἰσιν αἱ δ' οὔ καὶ μέχρι τινός, αἱ δ' ὑπερβολαὶ οὔ, οὐδ' αἱ ἐλλείψεις ff., statt καί vor μέχρι ist nämlich ἤ zu schreiben: die andern aber nicht oder doch nur in einem gewissen Grade. Oefter findet sich μέχρι τούτου ἕως ἄν, auch μέχρι τοσούτου ἕως ἄν. s. analyt. post. 96 a 32, Phys. 243 b 2, de anima 416 b 14, 435 a 3, μέχρι τούτου .μέχρι οὗ Rhet. 1355 b 13, μέχρι τούτου μέχρι περ ἄν Meteorol. 351 b 17, sehr oft μέχρι οὗ ἄν, bis dann endlich μέχρι vollständig in die Bedeutung einer Conjunction übergeht. de caelo 292 b 21: οὐ γὰρ ἀφικνεῖται πρὸς τὸ ἔσχατον, ἀλλὰ μέχρι ὅτου δύναται ist vielleicht für ὅτου, was sich sonst nicht bei μέχρι findet, mit L οὗ zu lesen, E läst das Wort ganz aus und spricht also nicht gegen die Aenderung. μέχρι schliesst übrigens immer den Punkt, welchen es als Grenze angiebt, mit ein und kann daher nicht bis auf, d. h. ausgenommen, bezeichnen. Vergl. Phys. 188 b 26: μέχρι μὲν οὖν τούτου (d. h. dies eingeschlossen) σχεδὸν συνηκολουθήκασι καὶ τῶν ἄλλων οἱ πλεῖστοι. Poet. 1451 a 10: ὁ δὲ κατ᾽ αὐτὴν τὴν φύσιν τοῦ πράγματος ὅρος ἀεὶ μὲν ὁ μείζων μέχρι τοῦ σύνδηλος εἶναι καλλίων ἐστὶ κατὰ τὸ μέγεθος.

Oefter steht μέχρι vor einem blossen Adverbium und zwar findet sich: μέχρι αὔριον Met. 1065 a 18, μέχρι δεῦρο Phys. 192 a 9, μέχρι ἐνταῦθα Eth. N. 1149 b 13, μέχρι κάτω hist. anim. 496 a 2, Probl. 923 b 10, namentlich oft aber μέχρι πόρρω de anim. 435 a 4, Parv. Nat. 453 b 7, hist. anim. 508 a 23, 561 a 20, 581 a 26, 597 b 21, de gener. anim 733 b 28, 744 a 31, Probl. 932 a 8, 26. Dagegen könnte man zweifelhaft sein, ob Meteor. 339 b 15: τὸ δὲ δὴ μεταξὺ τῆς γῆς τε καὶ τῶν ἐσχάτων ἄστρων πότερον ἕν τι νομιστέον εἶναι σῶμα τὴν φύσιν ἢ πλείω, κἂν εἰ πλείω, πόσα καὶ μέχρι ποῦ διώρισται τοῖς τόποις nicht vielleicht μέχρι πόσου zu lesen sei. s. Phys. 194 b 9, Met. 1084 a 11, Pol. 1340 b 42. Nie wird μέχρι νῦν gesagt, sondern immer μέχρι τοῦ νῦν Meteor. 345 b 30, hist. anim. 580 a 20, de gener. anim. 741 a 34, Met. 994 a 18, 1074 b 13, Poet. 1447 b 9, ähnlich findet sich auch μέχρι τοῦ νῦν χρόνου s. Meteor. 365 a 16, de caelo 270 b 17 μέχρι καὶ τοῦ νῦν χρόνου wird zwischen μέχρι und dem Artikel καί eingeschoben, eine solche Stellung findet sich aber nur in den spätesten unächten Schriften, namentl. de plantis, so heisst es hier 817 a 33 μέχρι καὶ αὐτῆς τῆς ὥρας. Aehnlich wird καί daselbst gestellt 825 a 28, vielleicht auch 816 b 20 s. u. bei ἕως. An jener Stelle de caelo ist daher mit den Handschriften E und L μέχρι τοῦ χρόνου τοῦ νῦν zu lesen. Zum Schlusse endlich ist anzuführen, dass μέχρι oft vor einer andern Präposition steht, namentlich findet sich oft μέχρι πρός, nämlich: de caelo 297 a 9, Meteor. 355 a 6, hist. anim. 511 a 8, 20, 516 a 12, 527 a 8, 11, de part. anim. 679 b 1, 693 b 19, Met. 1028 b 26, Rhet. ad Alex. 1440 b 30. Sodann μέχρι εἰς hist. anim 527 a 33, 541 b 10, μέχρι ἐπί hist. anim. 545 b 3, 546 a 7, μέχρι ὑπά hist. anim. 504 a 1, de incess. anim. 710 b 28, μέχρι περί Meteor. 367 b 33, öfter finden sich also derartige Verbindungen nur in der Thiergeschichte.

Neben ἕνεκα findet sich auch die Form ἕνεκεν; im allgemeinen ist ἕνεκα häufiger, die einzelnen Schriften weichen darin von einander ab; während z. B. beide Formen in der Schrift über die Theile der Thiere und in der Politik ziemlich gleich oft vorkommen, findet sich ἕνεκεν in der Rhetorik nur 1391 a 13 und 1398 a 30, in der Physik nur 243 a 3 (auch so in dem nach Spengels Untersuchungen aufgenommenen ursprünglichen Text, s. die Separatausgabe von Bekker 127,14) und dazu ist diese Stelle noch, wie wir gleich sehen werden, unsicher, in der grossen Ethik dagegen herrscht ἕνεκεν vor. Doch darf man dabei nicht unberücksichtigt lassen, dass an manchen Stellen die Handschriften von einander abweichen. In der Stellung ist folgender Unterschied, dass ἕνεκεν meist nach steht, ἕνεκα vor und nach. Ausserdem aber scheint ἕνεκα in gewissen Ausdrücken allein Platz zu haben, so steht sehr oft τὸ οὗ ἕνεκα während τὸ οὗ ἕνεκεν sich nur an folgenden Stellen findet: Phys. 243 a 3, wie bemerkt, die einzige Stelle, wo sich in der Physik ἕνεκεν findet, de gener. et corr. 335 b 6, wo aber F H L ἕνεκα darbieten, Met. 1059 a 35, wo aber statt οὗ ἕνεκεν. A[b] ἕνεκεν τινός,. Alex. ἕνεκά τινος haben, und darnach vielleicht eine andere Lesart, worüber wir im folgenden eine Vermuthung aussprechen werden, herzustellen ist. Die Bedeutung von τὸ οὗ ἕνεκα geht aus den Ausdrücken hervor, mit denen es zusammengestellt wird, Met. 982 b 10: καὶ γὰρ τἀγαθὸν καὶ τὸ οὗ ἕνεκα ἓν τῶν αἰτίων ἐστίν. 994 b 9: ἔτι δὲ τὸ οὗ ἕνεκα τέλος, τοιοῦτον δὲ ὃ μὴ ἄλλου ἕνεκα, ἀλλὰ τἆλλα ἐκείνου. 1013 a 33: ἔτι ὡς τὸ τέλος: τοῦτο δ' ἐστὶ τὸ οὗ ἕνεκα. Sodann steht immer ἕνεκα in dem Ausdruck τὸ ἕνεκά του, das, was um eines Zweckes willen geschieht, besonders oft findet es sich im 5. Capitel des 2. Buches der Physik, aber auch sonst häufig in verschiedenen Schriften. Nicht damit zu verwechseln ist ἕνεκα τινος oder τίνος ἕνεκα weswegen? zu welchem Zweck? Dieses steht wohl parallel mit τέλος Pol. 1333 a 6: διαφέρει δ' ἔνια τῶν ἐπιτατττομένων οὐ τοῖς ἔργοις ἀλλὰ τῷ τίνος ἕνεκα, a 10: πρὸς γὰρ τὸ καλὸν καὶ τὸ μὴ καλὸν οὐχ οὕτω διαφέρουσιν αἱ πράξεις καθ' αὐτὰς ὡς ἐν τῷ τέλει καὶ τῷ τίνος ἕνεκεν. An einigen Stellen ist nun ἕνεκα τίνος wohl mit ἕνεκα τινός vertauscht, so wenn es de part. anim. 639 b 14 heisst: φαίνεται δὲ πρώτη (αἰτία), ἣν λέγομεν ἕνεκά τινος, so soll hier doch jedenfalls die Zweckursache, das, warum das andere ist, angegeben werden. Damit dies aber in den Worten enthalten sei, ist ἕνεκα τίνος zu schreiben. Aehnlich ist vielleicht auch in der oben angeführten Stelle der Metaphysik 1059 a 35 statt περὶ τὸ οὗ ἕνεκεν, statt dessen A[b] π. τ. ἕνεκεν τινός, Alex. π. τ. ἕνεκά τινος hat, περὶ τὸ ἕνεκεν τίνος zu lesen. Von einzelnen Redensarten möge noch angeführt werden λόγου ἕνεκα (öfter λόγου χάριν s. u.) der Rede wegen, entgegengesetzt der ernstlichen Forschung, der wirklichen Ueberzeugung, s. Phys. 185 a 6, Met. 1012 a 6. Analyt. post. 74 b 21: ἕνεκά γε τοῦ λόγου hat einen ähnlichen Sinn.

Ueber die Stellung von ἕνεκα u. ἕνεκεν im allgemeinen sei noch bemerkt, dass es öfter durch mehrere Wörter von seinem Substantiv getrennt ist, z. B. Rhet. 1381 b 36: αὐτοῦ γὰρ οὗ-

τοὺς ἕνεκα φαίνεται καὶ οὐ διά τι ἕτερον, de gener. anim.
742 b 16: τοῦ γὰρ ἄνω τὰ κάτω ἕνεκεν. Eth. Eud. 1250 b
30: οὐ μᾶλλον ἕνεκ' ἄν τις τούτων ἕλοιτο ζῆν ἢ μὴ ζῆν.
Wenn ἕνεκα zu zwei Begriffen gehört, so steht es gewöhnlich
nur beim ersten und wird beim zweiten ergänzt. Pol. 1334 b 27:
διὸ πρῶτον μὲν τοῦ σώματος τὴν ἐπιμέλειαν ἀναγκαῖον
εἶναι προτέραν ἢ τὴν τῆς ψυχῆς, ἔπειτα τὴν τῆς ὀρέξεως,
ἕνεκα μέντοι τοῦ νοῦ τὴν τῆς ὀρέξεως, τὴν δὲ τοῦ σώματος τῆς ψυχῆς. Selten dagegen und nur, wenn die Begriffe
sich unmittelbar folgen, steht ἕνεκα erst beim zweiten Gliede,
Top. 159 a 25: γυμνασίας καὶ πείρας ἕνεκα. Eth. Eud.
1239 a 40: τοῦ ποιεῖν καὶ τοῦ φιλεῖν ἕνεκα. Bisweilen
steht es zwischen dem Artikel und dem Substantiv, de part.
anim. 670 b 28: τῆς αὐτῆς ἕνεκα χρείας, eigenthümlich hist.
anim. 613 b 10: τῆς περὶ τοὺς ἱέρακας ἕνεκα καὶ τοὺς
ἀετοὺς ἀλεωρας. Oefter auch zwischen Substantiv und Adjectiv, Pol. 1252 b 16: χρήσεως ἕνεκεν μὴ ἐφημέρου.

χάριν wird ganz ähnlich gebraucht wie ἕνεκα. Gewöhnlich
steht es nach, doch auch nicht selten vor, so z. B. de generat.
anim. 755 b 23, Met. 1000 a 16, Pol. 1273 a 35, 1337 b 39,
1338 a 13, 1339 b 15, zwischen gestellt wird es Pol. 1341
b 11. Aus dem Gebrauch sind nur einzelne Redensarten
hervorzuheben. λόγου χάριν, s. o: λόγου ἕνεκα, Top. 160
b 22, Met. 1009 a 21, 1011 b 2, Eth. N. 1144 a 33, Pol.
1280 b 8. παραδείγματος χάριν des Beispiels halber Rhet.
1360 b 7, 1366 a 33. σημείου χάριν steht öfter in den naturwissenschaftlichen Schriften, wenn ausgedrückt werden soll,
dass einzelne Organe bei gewissen Thieren so klein sind, dass sie
nur der Andeutung wegen da zu sein scheinen; so de part. anim.
669 b 27 ff: τούτου δ' αἴτιον ὅτι ἐν μὲν τοῖς ἐξ ἀνάγκης ἔχουσι σπλῆνα δόξειεν ἂν οἷον νόθον εἶναι ἧπαρ ὁ σπλήν, ἐν δὲ
τοῖς μὴ ἐξ ἀνάγκης ἔχουσιν, ἀλλὰ πάμμικρον ὥσπερ σημείου χάριν, ἐναργῶς διμερὲς τὸ ἧπαρ ἐστίν. 670 b 12: τὰ
μὲν οὐ μέγαν ἔχει, τὰ δὲ σημείου χάριν, s. hist. anim.

611 a 31. Sehr scharfsinnig stellt auch de part. anim. 689 b 5 Langkavel aus σμιχροῦ γ΄ ἕνεχεν σημείου γ΄ ἕνεχεν her.

ἕως findet sich auch in den ächten Schriften öfter mit dem Genitiv verbunden, so z. B. Top. 109 b 16, hist. anim. 630 b 27, de part. anim. 643 a 22, 668 b 2, Metaph. 1065 a 10, Eth. N. 1159 a 4, 1173 a 27. ἕως εἰς findet sich de part. anim. 650 a 17, sonst nur noch mirab. 841 a 2; de plant. 816 b 20 findet sich ἕως χαὶ εἰς αὐτὴν τὴν ὥραν τῆς φϑορᾶς, wofür wohl ἕως εἰς χαὶ αὐτήν (s. oben unter μέχρι das über die Stellung von χαί zwischen Präposition und Casus in dieser Schrift angegebene) oder χαὶ ἕως εἰς zu lesen ist.

δίχην „nach Art und Weise,“ „wie“ ist nicht aristotelisch, sondern findet sich nur ein paar Mal in ganz späten Schriften, de mundo 395 b 22 ποταμοῦ δίχην und in den beiden untereinander gleichen Stellen de mundo 400 a 34 und mirab. 846 a 10 χειμάρρου δίχην.

Präpositionen mit dem Dativ.

ἐν und σύν.

Ἐν wird zunächst local oft dazu gebraucht, die Lage der einzelnen Theile an dem Ganzen zu bestimmen. ἐν τοῖς δεξιοῖς, ἐν τοῖς ἀριστεροῖς an der rechten, linken Seite, ἐν τοῖς προσϑίοις, ἐν τοῖς ἔμπροσϑεν vorn, ἐν τοῖς ὑπτίοις, ἐν τοῖς ὄπισϑεν hinten, ἐν τοῖς πλαγίοις an der Seite, ἐν τοῖς ἄνω oben, ἐν τοῖς χάτω unten. In allen diesen Wendungen findet sich auch, obwohl selten, der Singular, dagegen wohl nur in unächten Schriften ἐν δεξιᾷ, z. B. de mundo 393 a 24, Probl. 951 a 19. Ueber ἐν τοῖς ἄνω ist noch zu bemerken, dass es auch bedeutet: in dem oben gesagten, oben, s. analyt. post. 96 b 2, Phys. 191 a 15, hist. anim. 564 b 18, Rhet. 1412 b 33; das Gegentheil davon ist ἐν τοῖς ὕστερον, ἐν τοῖς ἑπομένοις, ähnlich ἐν τοῖς ἔμπροσϑεν. ἐν μέσῳ in der Mitte, zwischen (ohne Artikel) findet sich sehr oft, ähnlich wird, namentlich in spätern Schriften, auch ἐν μεϑ-

ορίῳ gebraucht. ἐν κύκλῳ oder ἐν τῷ κύκλῳ heisst nur bei
dem Kreise, an dem Kreise, wie ἐπὶ τοῦ κύκλου; im Kreise
von der Kreisbewegung heisst sowohl in den ächten wie in den
unächten Schriften nur κύκλῳ. Ziemlich gleichbedeutend sind
die Ausdrücke ἐν ὀφθαλμοῖς vor Augen de caelo. 287. b 17,
Pol. 1319 b 19, Rhet. 1372 a 24, 1384 a 35, b 1, ἐν φανερῷ Rh.
1372 a 23, 1384 a 35, 1385 a 8, ἐν τῷ φανερῷ hist. anim. 510
a 9, 533 a 4, Poet. 1452 b 12. Der Gegensatz dazu „heimlich“,
„versteckt“ wird bezeichnet durch ἐν παραβύστῳ Top. 157
a 4, ἐν ἀπορρήτοις Oecon. 1348 b 1.

Was den temporalen Gebrauch anbetrifft, so erinnere ich
nur an das häufig vorkommende ἐν ἀρχῇ, selten ἐν τῇ ἀρχῇ,
zu Anfang, in spätern Schriften wird der Plural ἐν ἀρχαῖς, ἐν
ταῖς ἀρχαῖς ebenso gebraucht, so findet sich namentlich
in der Rhetorik an Alexander öfter ἐν ἀρχαῖς zu Anfang: 1432
b 35, 1433 a 12, 1441 a 23, 1443 b 11, 1445 a 37; ἐν ταῖς
ἀρχαῖς s. Probl. 897 a 27, bei Aristoteles selbst bedeutet ἐν
ταῖς ἀρχαῖς nur entweder in den Principien, s. de anima 405
a 23, oder in den Aemtern, s. Pol. 1303 b 22. Ueber τὸ ἐν
ἀρχῇ, was sich in den logischen Schriften sehr oft findet, genügt es auf das oben über τὸ ἐξ ἀρχῆς gesagte zu verweisen.
Oefter findet sich der Ausdruck ἐν τῷ παρόντι in' der Gegen-
wart, jetzt: Phys. 218 b 19, hist. anim. 567 b 10, Eth. N. 1175
a 19, Rhet. 1370 b 1, Oec. 1348 a 17. Der Ausdruck ἐν καιρῷ
zur Zeit, zur rechten Zeit, scheint sich bei Aristoteles nicht zu
finden, wohl dagegen bei Theophrast de caus. pl. II 15 2
(Didot. Ausgabe).

Was den weitern Gebrauch von ἐν anbetrifft, so stellt Aristoteles selbst Phys. 210 a 14 die verschiedenen Arten desselben
zusammen. Besonders daraus hervorzuheben ist nur das, dass
sowohl vom Ganzen gesagt wird, es sei im Theile, als vom Theil,
er sei im Ganzen, sowohl von der Gattung, dass sie in der Art,
wie von der Art, dass sie in der Gattung enthalten sei: μετὰ δὲ
ταῦτα ληπτέον ποσαχῶς ἄλλο ἐν ἄλλῳ λέγεται. ἕνα μὲν
δὴ τρόπον ὡς ὁ δάκτυλος ἐν τῇ χειρὶ καὶ ὅλως τὸ μέρος

ἐν τῷ ὅλῳ. ἄλλον δὲ ὡς τὸ ὅλον ἐν τοῖς μέρεσιν. αὖ γάρ ἐστι παρὰ τὰ μέρη τὸ ὅλον. ἄλλον δὲ τρόπον ὡς ὁ ἄνθρωπος ἐν ζῴῳ καὶ ὅλως εἶδος ἐν γένει. ἄλλον δὲ ὡς τὸ γένος ἐν τῷ εἴδει καὶ ὅλως τὸ μέρος τοῦ εἴδους ἐν τῷ τοῦ εἴδους λόγῳ, vergl. Trendelenburg Elementa Logices Aristotelene § 24. So ist der Gebrauch von ἐν ein sehr mannigfaltiger, und es können dieselben Ausdrücke, wie z. B. εἶναι ἐν, λέγεσθαι ἐν, τιθέναι ἐν, darnach eine ganz verschiedene Bedeutung haben. Bei εἶναι ἐν hebe ich nur hervor, dass es oft ausdrückt, worin etwas bestehe, worin es sein eigentliches Wesen habe. So wenn es Rhet. 1361 a 23 heisst: ὅλως δὲ τὸ πλουτεῖν ἐστὶν ἐν τῷ χρῆσθαι μᾶλλον ἢ ἐν τῷ κεκτῆσθαι: 1370 a 27: ἐπεὶ δ' ἐστὶ τὸ ἥδεσθαι ἐν τῷ αἰσθάνεσθαι τινος πάθους. Pol. 1255 b 31: ὁ γὰρ δεσπότης οὐκ ἐν τῷ κτᾶσθαι τοὺς δούλους, ἀλλ' ἐν τῷ χρῆσθαι δούλοις. 1323 b 2: τὸ ζῆν εὐδαιμόνως, εἴτ' ἐν τῷ χαίρειν ἐστὶν εἴτ' ἐν ἀρετῇ τοῖς ἀνθρώποις εἴτ' ἐν ἀμφοῖν. 1330 b 9: ἐπεὶ δὲ δεῖ περὶ ὑγιείας φροντίζειν τῶν ἐνοικούντων, τοῦτο δ' ἐστὶν ἐν τῷ κεῖσθαι τὸν τόπον ἔν τε τοιούτῳ καὶ πρὸς τοιοῦτον καλῶς und ähnlich sehr oft. In spätern Schriften wird ebenso λέγεσθαι ἐν gebraucht, z. B. de insec. lin. 969 a 10: οὐκ ἐν τούτῳ λέγοιτα τὸ μέγα καὶ τὸ μικρόν, τῷ πεπερασμένας ἔχειν καὶ ἀπείρους διαιρέσεις. τιθέναι ἐν hat oft die Bedeutung rechnen zu, so z. B. Rhet. 1369 b 24: τίθημι γὰρ καὶ τὴν τῶν κακῶν ἢ φαινομένων κακῶν ἢ ἀπαλλαγὴν ἢ ἀντὶ μείζονος ἐλάττονος μετάληψιν ἐν τοῖς ἀγαθοῖς (αἱρετὰ γάρ πως), καὶ τὴν τῶν λυπηρῶν ἢ φαινομένων ἢ ἀπαλλαγὴν ἢ μετάληψιν ἀντὶ μειζόνων ἐλαττόνων ἐν τοῖς ἡδέσιν ὡσαύτως. 1359 a 2: ἀλλὰ καὶ ἐν ἐπαίνῳ πολλάκις τιθέασιν ὅτι ὀλιγωρήσας τοῦ αὐτῷ λυσιτελοῦντος ἔπραξέ τι καλόν. Ueber ὑπάρχειν τινὶ u. ὑπάρχειν ἐν τινι ist auf Bonitz Aristotelische Studien IV. 367 zu verweisen. Er sagt daselbst: „ὑπάρχειν ἔν τινι, ὑπάρχειν ἐν τῷ τί ἐστιν, ἐνυπάρχειν τῷ τί ἐστιν, ἐνυπάρχειν ἐν τῷ τί ἐστι heisst: in dem Inhalte eines Begriffes als dessen Merkmal enthalten sein; dagegen ist $\dot{v}\pi\acute{\alpha}\varrho\chi\epsilon\iota\nu$ $\tau\iota\nu\grave{\iota}$ gleichbedeutend mit $\varkappa\alpha\tau\eta\gamma\omicron\varrho\epsilon\tilde{\iota}\sigma\vartheta\alpha\iota$ $\varkappa\varrho\tau\acute{\alpha}\tau\iota\nu\omicron\varsigma,$ $\dot{\alpha}\lambda\eta\vartheta\epsilon\acute{v}\epsilon\sigma\vartheta\alpha\iota$ $\varkappa\alpha\tau\acute{\alpha}$ $\tau\iota\nu\omicron\varsigma,$ $\ddot{\epsilon}\pi\epsilon\sigma\vartheta\alpha\iota$ $\tau\iota\nu\grave{\iota}$ ff."

Oefter finden wir $\dot{\epsilon}\nu$, wo wir der gewöhnlichen Auffassung nach den blossen Dativ des Mittels erwarten. Doch liegt hierin nichts auffallendes, indem das, was sonst als Mittel betrachtet wird, auch als das zu Grunde liegende dargestellt werden kann, in und an dem eine Thätigkeit sich äussert. So sehr oft in der Poetik $\mu\iota\mu\epsilon\tilde{\iota}\sigma\vartheta\alpha\iota$ $\dot{\epsilon}\nu$, wie Vahlen Beiträge zu Aristoteles Poetik II 81 bemerkt, von dem „Medium der Darstellung;" so heisst es öfters $\delta\iota\alpha\varphi\acute{\epsilon}\varrho\epsilon\iota\nu$ $\dot{\epsilon}\nu$, $\dot{v}\pi\epsilon\varrho\beta\acute{\alpha}\lambda\lambda\epsilon\iota\nu$ $\dot{\epsilon}\nu$ neben dem blossen Dativ, so wird Pol. 1341 a 2 gesagt: $\sigma\varkappa\epsilon\psi\alpha\mu\acute{\epsilon}\nu\omicron\upsilon\varsigma$ — $\dot{\epsilon}\nu$ $\pi\omicron\acute{\iota}\omicron\iota\varsigma$ $\mathring{o}\varrho\gamma\acute{\alpha}\nu\omicron\iota\varsigma$ $\tau\grave{\eta}\nu$ $\mu\acute{\alpha}\vartheta\eta\sigma\iota\nu$ $\pi\omicron\iota\eta\tau\acute{\epsilon}\omicron\nu.$ In den unächten Schriften geht dies noch weiter, so z. B. de plant. 816 a 7: $\dot{\epsilon}\nu$ $\tau\tilde{\omega}$ $\vartheta\alpha\nu\acute{\alpha}\tau\omega$ $\varphi\vartheta\epsilon\acute{\iota}\varrho\epsilon\iota\nu$ durch den Tod vernichten. In keiner ächten wie unächten Schrift heisst $\dot{\epsilon}\nu$ wie $\dot{\epsilon}\pi\acute{\iota}$ mit dem Dativ „in der Macht," „in der Gewalt", nur zwei Stellen bilden davon eine Ausnahme: Magn. M. 1187 b 21: $\dot{\epsilon}\nu$ $\dot{\epsilon}\mu\omicron\grave{\iota}$ $\dot{\epsilon}\sigma\tau\iota$ $\tau\grave{\omicron}$ $\delta\iota\varkappa\alpha\acute{\iota}\omega$ $\epsilon\tilde{\iota}\nu\alpha\iota$ $\varkappa\alpha\grave{\iota}$ $\sigma\pi\omicron\upsilon\delta\alpha\acute{\iota}\omega$, Eth. Eud. 1226 a 31: $\pi\epsilon\varrho\grave{\iota}$ $\tau\tilde{\omega}\nu$ $\dot{\epsilon}\nu$ $\dot{\eta}\mu\tilde{\iota}\nu$ $\pi\varrho\alpha\varkappa\tau\tilde{\omega}\nu,$ nachdem in der vorhergehenden Zeile $\dot{\epsilon}\varphi'$ $\dot{\eta}\mu\tilde{\iota}\nu$ vorangegangen. An beiden Stellen ist ohne Zweifel mit Bonitz $\dot{\epsilon}\pi\acute{\iota}$ zu lesen. Es ist in den Handschriften übrigens öfter $\dot{\epsilon}\nu$ mit $\dot{\epsilon}\pi\acute{\iota}$ vertauscht. So z. B. bedient sich Aristoteles, wenn er einen Gegenstand mit bestimmten Buchstaben benennt, oft der Präposition $\dot{\epsilon}\pi\acute{\iota}$ mit dem Genitiv oder Dativ, $\tau\grave{\omicron}$ $\dot{\epsilon}\varphi'$ $\omicron\tilde{v}$ $(\tilde{\omega})$ A: das, woran A, an dem A; $\dot{\epsilon}\nu$ wird nicht so gebraucht. Daher ist Meteor. 375 b 31: $\varkappa\alpha\grave{\iota}$ $\tau\grave{\omicron}$ $\dot{\epsilon}\pi\acute{\iota}\pi\epsilon\delta\omicron\nu$ $\dot{\epsilon}\varkappa\beta\epsilon\beta\lambda\tilde{\eta}\sigma\vartheta\alpha\iota$ $\dot{\epsilon}\nu$ $\tilde{\omega}$ $\tau\grave{\omicron}$ A, $\tau\grave{\omicron}$ $\dot{\alpha}\pi\grave{\omicron}$ $\tau\omicron\tilde{v}$ $\tau\varrho\iota\gamma\acute{\omega}\nu\omicron\upsilon$ $\dot{\epsilon}\nu$ $\tilde{\omega}$ $\tau\grave{\omicron}$ HKM für $\dot{\epsilon}\nu$ an beiden Stellen $\dot{\epsilon}\varphi'$ zu schreiben.

Wir kommen nun zu einzelnen Wendungen, die gerade bei $\dot{\epsilon}\nu$ besonders ins Gewicht fallen. Sehr oft gebraucht Aristoteles $\dot{\epsilon}\nu$ $\mu\acute{\epsilon}\varrho\epsilon\iota$ gleichbedeutend mit $\varkappa\alpha\tau\grave{\alpha}$ $\mu\acute{\epsilon}\varrho\omicron\varsigma$ und $\dot{\epsilon}\pi\grave{\iota}$ $\mu\acute{\epsilon}$-$\varrho\omicron\upsilon\varsigma$ entgegengesetzt dem Allgemeinen, dem Ganzen, dem Ununterbrochenen u. s. w. Besonders oft steht $\dot{\epsilon}\nu$ $\mu\acute{\epsilon}\varrho\epsilon\iota$ dem $\varkappa\alpha\vartheta\acute{\omicron}\lambda\omicron\upsilon$ gegenüber. S. anal. pr. 24 a 16 ff.: $\Pi\varrho\acute{\omicron}\tau\alpha\sigma\iota\varsigma$ $\mu\grave{\epsilon}\nu$

οὖν ἐστὶ λόγος καταφατικὸς ἢ ἀποφατικὸς τινὸς κατά τινος. οὗτος δὲ ἢ καθόλου ἢ ἐν μέρει ἢ ἀδιόριστος. λέγω δὲ καθόλου μὲν τὸ παντὶ ἢ μηδενὶ ὑπάρχειν, ἐν μέρει δὲ τὸ τινὶ ἢ μὴ τινὶ ἢ μὴ παντὶ ὑπάρχειν und in dieser Weise sehr oft im Organon. Eth. N. 1130 a33 wird der Ungerechtigkeit im weitern Sinne (s. b4 ἡ περὶ ἅπαντα περὶ ὅσα ὁ σπουδαῖος) eine besondere, specielle entgegengesetzt: ὥστε φανερὸν ὅτι ἔστι τις ἀδικία παρὰ τὴν ὅλην ἄλλη ἐν μέρει. s. b16. τὰ ἐν μέρει sind die particularen Dinge, s. Met. 1061 b25: ἡ δὲ φιλοσοφία περὶ τῶν ἐν μέρει μέν, ἡ τούτων ἑκάστῳ τί συμβέβηκεν, οὐ σκοπεῖ. Sehr oft sodann ist ἐν μέρει mit abwechselnd zu übersetzen, im Gegensatz zur ununterbrochenen Dauer; so Pol. 1279 a11: ἐν μέρει λειτουργεῖν, dem 14 συνεχᾶς entgegensteht. 1297 a4: ἐν μέρει γὰρ ἄρχειν οὐκ ἂν ὑπομείνειαν διὰ τὴν ἀπιστίαν τὴν πρὸς ἀλλήλους abwechselnd. So erklärt sich auch der häufig in der Politik vorkommende Ausdruck ἐν μέρει ἄρχειν καὶ ἄρχεσθαι. Phys. 250 b27: ἢ ὡς Ἐμπεδοκλῆς (λέγει) ἐν μέρει κινεῖσθαι καὶ πάλιν ἠρεμεῖν. 252 a7: ὅπερ ἔοικεν Ἐμπεδοκλῆς ἂν εἰπεῖν, ὡς τὸ κρατεῖν καὶ κινεῖν ἐν μέρει τὴν φιλίαν καὶ τὸ νεῖκος ὑπάρχει τοῖς πράγμασιν ἐξ ἀνάγκης, ἠρεμεῖν δὲ τὸν μεταξὺ χρόνον. An einigen Stellen muss wohl durch eine kleine Aenderung in der Lesart der Handschriften ἐν μέρει wiederhergestellt werden, so Pol. 1325 b7: τοῖς γὰρ ὁμοίοις τὸ καλὸν καὶ τὸ δίκαιον ἐν τῷ μέρει. τοῦτο γὰρ ἴσον καὶ ὅμοιον ist wohl ἐν τῷ ἐν μέρει zu lesen. Eth. Eud. 1242 b28: ἔστι δὲ ἐνταῦθα καὶ ἄρχον καὶ ἀρχόμενον οὔτε τὸ φυσικὸν οὔτε τὸ βασιλικόν, ἀλλὰ τὸ ἐν τῷ μέρει dürfte dagegen τῷ zu streichen sein. An mehreren Stellen des Organon steht dem ἐν μέρει ἐν ὅλῳ entgegen. So Anal. pr. 47 a13: εἶτα (δεῖ) σκοπεῖν ποτέρα ἐν ὅλῳ καὶ ποτέρα ἐν μέρει. 58 b27: ἦν (besser ἂν) δὲ μὴ καθόλου ὁ συλλογισμὸς ᾖ, ἡ μὲν ἐν ὅλῳ πρότασις οὐ δείκνυται —, ἡ δ' ἐν μέρει δείκνυται. Deutlich wird ἐν ὅλῳ erklärt anal. pr. 30 a2: καὶ τὸ ἐν ὅλῳ εἶναι καὶ τὸ κατὰ παντὸς ὁμοίως ἀποδώσομεν. 24 b 26: τὸ δὲ ἐν ὅλῳ εἶναι ἕτερον ἑτέρῳ καὶ τὸ κατὰ παντὸς κατηγορεῖσθαι θατέρου θάτερον ταὐτόν ἐστιν.

Sodann findet sich ἐν in folgenden Wendungen. ὡς ἐν κεφαλαίῳ εἰπεῖν heisst um der Hauptsache nach zu sagen und wird der genaueren Erörterung entgegengesetzt; es findet sich Phys. 216 a 8, de anima 433 b 21, Eth. Nic. 1109 b 12, Probl. 955 a 29; ὡς ἐν κεφαλαίοις εἰπεῖν Parva Nat. 478 b 2, Pol. 1312 b 34. ὡς ἐν κεφαλαίῳ ohne εἰπεῖν Rhet. 1391 a 14, endlich ἐν κεφαλαίῳ εἰπεῖν ohne ὡς Rhet. 1360 b 6, doch weiss ich nicht, ob hier nicht besser ὡς hinzugefügt wird, da sich in den ächten Schriften sonst diese Redensart ohne ὡς nie findet. Dagegen ist ἐν κεφαλαίῳ ohne ὡς ein Lieblingsausdruck der Rhetorik an Alexander, es findet sich nämlich daselbst ἐν κεφαλαίῳ εἰπεῖν 1423 a 20, 1427 b 12, ἐν κεφαλαίῳ ohne εἰπεῖν 1436 a 34, b 4, 1441 b 9, 1443 b 15, 1444 b 30, 1446 a 27, ἐν κεφαλαίοις 1433 b 31. Nicht sehr verschieden von diesem Ausdruck ist ὡς ἐν τύπῳ wie im Umriss, vergl. über das Wort τύπος Trendelenburg Elem. Log. Arist. Einl. zu den Anmerk. ὡς ἐν τύπῳ findet sich hist. anim. 491 a 7, im Gegens. zu δι᾽ ἀκριβείας, Eth. N. 1129 a 11, Pol. 1323 a 10, Oec. 1345 b 12. καθάπερ ἐν τύπῳ de part. anim. 676 b 9 hat eine andere Bedeutung: οἱ δ᾽ ὄφεις διὰ τὴν τοῦ σώματος μορφήν, οὖσαν μακρὰν καὶ στενήν, καὶ τὰ σχήματα τῶν σπλάγχνων ἔχουσι διὰ ταῦτα μακρὰ καὶ τοῖς τῶν ἄλλων ζῴων ἀνόμοια, διὰ τὸ καθάπερ ἐν τόπῳ τὰ σχήματ᾽ αὐτῶν πλασθῆναι διὰ τὸν τόπον. Im ganzen findet sich also der Ausdruck ὡς ἐν τύπῳ sehr selten, viel häufiger ist τύπῳ allein, so, um nur die Beispiele aus der Nikomachischen Ethik anzuführen, wo es sich öfter findet, als in irgend einer andern Schrift: 1094 a 25, b 20, 1101 a 27, 1104 a 1, 1107 b 14, 1113 a 13, 1114 b 27, 1117 b 21, 1176 a 31. Es verdient vielleicht bemerkt zu werden, dass fast alle diese Stellen aus den drei ersten Büchern sind, während sich in den sieben folgenden τύπῳ nur einmal findet, ausserdem 1179 a 34

τοῖς τύποις. ἐν παρέργῳ heisst nebenbei Parv. Nat. 473
a 24, Metaph. 1074 b 36. Aehnlich heisst Pol. 1336 b 24
ἐν παραδρομῇ im Vorbeigehen. τὰ ἐν ποσί ist das zu-
nächstliegende, s. hist. an. 537 b 10, 542 a 8, Pol. 1263 a 18.
Ueberhaupt aber bilden sich dann mit ἐν manche Ausdrücke,
welche wir durch andere Wendungen wiedergeben. So findet
sich Anal. pr. 64 b 29: ὡς ἐν γένει λαβεῖν um es allgemein
zu nehmen, ähnlich Theophrast caus. pl. IV 3 3: ὅλως δ' ὡς
ἐν γένει λαβεῖν. Rhet. 1367 b 24: καὶ τὰ συμπτώματα
καὶ τὰ ἀπὸ τύχης ὡς ἐν προαιρέσει ληπτέον sind als ab-
sichtlich zu nehmen. de plant. 824 a 16: λάβωμεν καὶ ὡς
ἐν παραδείγματι. Top. 156 b 25: ὡς ἐν παραβολῇ προ-
τείνειν. Eth. Nic. 1168 a 30: ὡς ἐν αἰσχρῷ φιλαύτους
ἀποκαλοῦσιν im schlechten Sinne, vergl. 1168 b 15: οἱ μὲν
τὴν εἰς ὄνειδος ἄγοντες αὐτὸ φιλαύτους καλοῦσι ff.

An manchen Stellen steht ἐν mit seinem Casus, wo ein
einfaches Adjectiv oder Adverb das gewöhnliche wäre, so z. B.
Meteor. 356 b 19: ἐν προχείρῳ γὰρ τούτου τὴν αἰτίαν
ἰδεῖν es ist auf der Hand, ist leicht. Rhet. ad Alex. 1429 b 32
wird ἐν τῷ σπανίῳ „selten" dem πολλάκις entgegengesetzt:
λέγειν ὅτι αἱ τοιαῦται πράξεις ἐν τῷ σπανίῳ γεγόνασιν,
οἵας δὲ σὺ λέγεις, πολλάκις. ἐν mit einem Substantiv und
εἶναι steht sodann oft für einen einfachen Verbalbegriff, so ἐν
χρείᾳ εἶναι bedürfen Eth. N. 1133 b 7, 1171 b 22, Pol. 1258
a 15; ἐν ἐγκλήμασι εἶναι Eth. N. 1164 a 30, 33 angeklagt
werden, angeschuldigt werden. Mit den Wörtern εἶδος, μέρος,
σχῆμα, λόγος u. a. verbunden dient ἐν oft dazu den Begriff
eines Wortes zu verallgemeinern und denselben unbestimmter
auszudrücken. So findet sich im ersten Buch der Metaphysik
oft ἐν ὕλης εἴδει, s. 983 b 7: τῶν δὴ πρώτων φιλοσο-
φησάντων οἱ πλεῖστοι τὰς ἐν ὕλης εἴδει μόνας ᾠήθησαν ἀρχὰς εἶναι πάντων, wozu Bonitz mit Recht bemerkt:
Subtilius hoc videtur dixisse Aristoteles, quam si dixisset: τὴν
ὕλην μόνην ᾠήθησαν ἀρχὴν εἶναι πάντων. Quae enim
principia veteres posuerunt, maxime Ionici, ea materiae, qua-

lem Aristoteles statuit, comparari quidem possunt ita, ut ad idem causarum genus videantur referenda esse; nec tamen ipsam referunt Aristotelicam materiae notionem." S. ferner 984 a 17, 985 a 32, 986 b 6, 987 a 7. Ausserdem findet sich der Ausdruck ἐν ὕλης εἴδει nur de gener. et corr. 318 a 9, Meteor. 339 a 28. de caelo 268 b 5 stehen τὰ ἐν μορίου εἴδει σώματα entgegen dem πᾶν b 8. Pol. 1253 b 30: ὁ γὰρ ὑπηρέτης ἐν ὀργάνου εἴδει ταῖς τέχναις ἐστίν, wir würden sagen eine Art von Werkzeug. Nicht sehr verschieden davon ist ἐν — λόγῳ, hist. anim. 559 b 20: ἃ ἐν τέρατος λόγῳ τιθέασιν, vergl. damit 576 a 2: ἃ κρίνουσιν ἐν τέρασιν. Phys. 207 a 27: ὥστε φανερὸν ὅτι μᾶλλον ἐν μορίου λόγῳ τὸ ἄπειρον ἢ ἐν ὅλου. Eth. Nic. 1131 b 21: ἐν ἀγαθοῦ γὰρ λόγῳ γίνεται τὸ ἔλαττον κακὸν πρὸς τὸ μεῖζον κακόν. S. Oecon. 1344 b 10 ἐν φαρμάκου λόγῳ. ἐν — μέρει s. Eth. Nic. 1128 a 19: λέγειν ἐν παιδιᾶς μέρει καὶ ἀκούειν. Magn. Mor. 1204 a 32: τὴν ἡδονὴν ὡς ἐν ἀγαθοῦ μέρει λαμβάνειν. ἐν — σχήματι: Metaph. 1074 b 1: παραδέδοται δὲ παρὰ τῶν ἀρχαίων καὶ παμπαλαίων ἐν μύθου σχήματι καταλελειμμένα. mirabil. 846 b 32: τοῦ δὲ χειμῶνος παγέντες (Ῥῆνος καὶ Ἴστρος) ὑπὸ κρύους ἐν πεδίου σχήματι καθιππεύονται wie eine Ebene; s. Rhet. ad Alex. 1432 b 26. Endlich ἐν — τάξει Magn. Mor. 1198 a 27: ἡ φρόνησις τῶν ἐπαινετῶν ἂν τις εἴη καὶ τῶν ἐν ἀρετῆς τάξει ὄντων. Der Genitiv wird also bei allen diesen Ausdrücken zwischen Präposition und Substantiv gestellt, letzteres steht ohne Artikel, durch Zusetzung desselben würde die Bedeutung dieser Wendungen sich wesentlich verändern. Nicht hiermit zusammenzustellen ist der Ausdruck ἐν χειρὸς νόμῳ im Handgemenge, der sich überhaupt nur einmal bei Aristoteles findet Polit. 1285 a 10 (bes. oft findet er sich bei Polybius). Zum Schluss sei noch angeführt, dass die Formel ἐν τοῖς μάλιστα nur in den unächten Schriften, so Magn. Mor. 1209 a 25, Rhet. ad Al. 1421 b 19, vorkommt.

Σύν.

σύν fehlt bei Aristoteles so ziemlich gänzlich, μετά nimmt ganz seine Stelle ein. Auch in den unächten Schriften findet es sich nicht, mit Ausnahme von ganz späten Büchern, wie wir sehen werden. Wenn sich nun diesem allgemeinen Gebrauch entgegen an einigen Stellen σύν findet, so wird uns dies Bedenken erregen, wir würden nur dann keinen Anstoss daran nehmen, wenn hier σύν in einer Weise gebraucht würde, in der sich μετά nicht findet. Dies ist aber keineswegs der Fall, an allen Stellen vielmehr, wo sich σύν findet, könnte nach dem Gebrauch von Aristoteles auch μετά stehen, wie wir näher zeigen werden. Jedoch würde es zu weit führen, jede einzelne der in Betracht kommenden Stellen genauer zu untersuchen, um so mehr, da ja verschiedene Rücksichten anderer Art dabei in Betracht kommen. So wollen wir uns damit begnügen die einzelnen Stellen anzuführen. Metaph. 1039 b 21: λέγω δ' ὅτι ἡ μὲν οὕτως ἐστὶν οὐσία σὺν τῇ ὕλῃ συνειλημμένος ὁ λόγος, συνειλημμένον μετὰ τῆς ὕλης s. Met. 1025 b 33, συνείληπται τῇ ὕλῃ 1035 a 28, de gener. et corr. 335 a 15. Sodann Met. 1044 b 15: ἐὰν δὲ προστεθῇ τὸ ὑπὸ γῆς ἐν μέσῳ γινομένης, ὁ σὺν τῷ αἰτίῳ λόγος οὗτος, unmittelbar vorher b 12: τὸ δ' ὡς εἶδος ὁ λόγος, ἀλλ' ἄδηλος, ἐὰν μὴ μετὰ τῆς αἰτίας ᾖ ὁ λόγος. 1058 b 17: καίτοι σὺν τῇ ὕλῃ οἱ λόγοι αὐτῶν. λόγος μετὰ τῆς ὕλης s. 1037 a 27, 1058 b 10, 1064 a 23, 27. Meteor. 348 a 24: φερόμενα σὺν ψόφῳ πολλῷ, obwohl mir kein durchaus gleiches Beispiel mit μετά zur Hand ist, so wird es doch oft ganz ähnlich wie hier σύν von begleitenden Umständen gebraucht. hist. anim. 490 a 32: αἱ γὰρ καμπαὶ τέτταρες, ἢ δύο σὺν τοῖς πτερυγίοις. 525 b 15—17: πόδας δ' οἱ μὲν κάραβοι ἐφ' ἑκάτερα ἔχουσι πέντε σὺν ταῖς ἐσχάταις χηλαῖς· ὁμοίως δὲ καὶ οἱ καρκίνοι δέκα τοὺς πάντας σὺν ταῖς χηλαῖς. de partib. anim. 683 b 3: ἑξάποδα δὲ τὰ τοιαῦτα πάντ' ἐστὶ σὺν τοῖς ἁπτικοῖς μορίοις. Vergl. dazu 693 b 15: τέτταρσι σημείοις κινήσονται μετὰ τῶν πτερύγων. Dies sind sämmtliche Stellen, wo sich σύν in den ächten Schriften findet.

Was nun die unächten anbetrifft, so findet es sich in denen, welche Aristoteles näher stehen, nicht, sondern nur in ganz späten. Die Stellen sind folgende: de mundo 398 b 23, de plant. 826 a 25, mirab. 843 a 7, 22, Probl. 906 b 23, 918 a 38, endlich im 2. Buch der Oekonomik 1351 b 11. In der Schrift de plantis findet sich einmal σύναμα mit dem Dativ 827 a 8, gleichbedeutend mit ἅμα: ἢ γὰρ προάγουσι τοὺς καρποὺς πρὸ τῶν φύλλων, ἢ σύκαμα τοῖς φύλλοις, ἢ μετὰ τὰ φύλλα. Ueber σύν möchte ich noch hinzufügen, dass es sich auch in den beiden Hauptwerken von Theophrast nur an folgenden Stellen findet: hist. pl. IX 20 4, caus. pl. II 17 8, V 6 6,

Präpositionen, die den Accusativ regieren.
ἀνά, εἰς, ὡς, ἀμφί.

Ἀνά findet sich für gewöhnlich nur in einzelnen Wendungen. So ist zunächst häufig ἀνὰ λόγον, gewöhnlich ἀνάλογον geschrieben, nach Verhältniss, gleichbedeutend mit κατ' ἀναλογίαν. Sodann findet sich öfter ἀνὰ μέσον gleichbedeutend mit ἐν μέσῳ oder μεταξύ. Auffallend ist dabei, dass es sich in manchen Schriften gar nicht findet, in andern nur in einzelnen Büchern und Capiteln. Es findet sich nämlich Cat. 12 a 2, 3, 9, 10, 17, 20, 23, 24, b 28, 30, 32, 35, 36, 13 a 7, 8, 13, also nur im 10. Capitel. Top. 106 b 4, 5, 8, 9, 11, 123 b 18, 23, 25, 27, 29, 124 a 6, 158 b 7, 22, 38, Phys. 227 a 9, de caelo 288 a 20, 22, Meteor. 361 b 28, Parv. nat. 442 a 19, histor. anim. 496 a 22, 517 a 16, 547 a 15, mirab. 838 a 23, 839 b 5, Probl. 920 b 5, 922 a 25, 27, de lin. insec. 972 a 4, 27, de Xenoph. 976 b 18, Metaph. 1061 a 21, 1063 b 19, 1069 a 4 (nur Buch K), Magn. Mor. 1191 b 24, 1192 b 30, 36, 1193 a 15, 24, 1206 a 18, 20, Rhet. ad Alex. 1434 b 22.

Ausserdem findet sich ἀνά nur ganz vereinzelt und überhaupt nur in zwei ächten Schriften. In der Politik nämlich findet sich dreimal ἀνὰ μέρος in derselben Bedeutung wie ἐν μέρει und κατὰ μέρος: 1287 a 17, 1300 a 24, 1308 b 25. In anderer Weise sodann hist. anim. 558 b 18: τίκτουσι δ᾽ ἀν᾽ ἑκάστην ἡμέραν (öfter findet sich καθ᾽ ἑκάστην ἡμέραν s. 619 a 21). 584 b 35: μία δέ τις ἐν τέτταρσι τόκοις ἔτεκεν εἴκοσιν. ἀνὰ πέντε γὰρ ἔτεκεν. 611 b 8: ἀποβάλλουσι δ᾽ ἀν᾽ ἑκαστον ἐνιαυτὸν τὰ κέρατα, während es 517 a 26, wo derselbe Gedanke ausgedrückt wird, heisst: καὶ τῶν μὲν ἄλλων τῶν ἐχόντων κέρας οὐδὲν ἀποβάλλει τὰ κέρατα, ἔλαφος δὲ μόνον καθ᾽ ἕκαστον ἔτος. Endlich findet sich ἀνά 616 a 33: ἀναβαίνει δὲ καὶ ἀνὰ τοὺς ποταμούς. Unter den unächten Schriften findet sich ἀνά, abgesehen von ἀνὰ λόγον u. ἀνὰ μέσον, nur in ganz späten, nämlich de mundo 392 b 16: τοῖς ἀνὰ γῆν ἑλιττομένοις. 400 a 33: καθάπερ τῶν ἐν Αἴτνῃ κρατήρων ἀναρραγέντων καὶ ἀνὰ τὴν γῆν φερομένων, womit identisch ist mirabil. 846 a 9. Ferner mirab. 836 b 15: ἀνὰ πᾶσαν ὥραν, Probl. 898 a 32: ἀνὰ πᾶν ἔτος. Phys. 243 a 15 findet sich der Ausdruck ἀνὰ μεταξύ, es heisst dort nämlich: ἐνυπάρχει γὰρ αὐτοῖς τὸ πρῶτον κινοῦν, ὥστ᾽ οὐδέν ἐστιν ἀνὰ μεταξύ. Dies ist aber ganz abweichend und durch gar keine Analogien zu vertheidigen, vielleicht ist ἀνὰ μεταξύ aus einer Vermischung der Ausdrücke ἀνὰ μέσον und μεταξύ hervorgegangen. Ueber den Gebrauch Theophrasts bemerke ich noch, dass auch er ἀνά fast nur in den Wendungen ἀνὰ λόγον und ἀνὰ μέσον hat, ausserdem nur ἀν᾽ ἕκαστον ἔτος hist. pl. IV 4 4, ἀν᾽ ἑκάστην ἡμέραν hist. pl. IX 18 6.

Εἰς.

Εἰς findet sich zunächst local in manchen Ausdrücken: εἰς τὸ δεξιόν (ἀριστερόν), εἰς τὰ δεξιά, εἰς τὸ πρόσθεν, εἰς τὸ πρόσω, εἰς τὸ ἄνω (κάτω), εἰς τὸ πλάγιον, εἰς τὰ πλάγια (wohl nur in unächten Schriften auch ohne Artikel s. εἰς πλάγιον Probl. 932 a 16, 958 a 8, 11). Bewegung auf gerader Linie ist φορὰ εἰς εὐθύ Phys. 217 a 20, de cael. 275

b 18, Meteor. 338 a 6, 7, b 11, hist. anim. 524 b 7, 594 a 18, de inc. anim. 708 b 24, 709 b 5, und auch in den spätern Schriften öfter. εἰς τὸ εὐθύ Meteor. 386 a 3, 6, Mech. 851 a 3; εἰς ὀρθόν Meteor. 361 a 23, 35, hist. anim. 628 b 30, 634 b 27, 39, 635 a 6, εἰς τὸ ὀρθόν hist. an. 611 b 7 (in einem Capitel, das mehrere Abweichungen vom Aristotelischen Sprachgebrauch enthält); Probl. 915 b 25. Dagegen steht Metaph. 994 a 2: Ἀλλὰ μὴν ὅτι γ᾽ ἐστὶν ἀρχή τις καὶ οὐκ ἄπειρα τὰ αἴτια τῶν ὄντων, οὔτ᾽ εἰς εὐθυωρίαν οὔτε κατ᾽ εἶδος, δῆλον der Ausdruck εἰς εὐθυωρίαν ohne jede Analogie, und so könnte man vielleicht berechtigt sein, gegen die Autorität der Handschriften, aber mit Alexander das häufig vorkommende κατ᾽ εὐθυωρίαν herzustellen. Sehr oft findet sich ἰέναι, βαδίζειν, auch προϊέναι εἰς ἄπειρον, auch εἰς ἄπειρον εἶναι Metaph. 1010 a 22, Pol. 1257 b 25, 1258 a 1, wenn es nicht vorzuziehen ist, an diesen Stellen durch leichte Aenderung die entsprechenden Formen von ἰέναι herzustellen, wofür auch das sprechen könnte, dass an mehreren andern Stellen, wo die Mehrzahl der Handschriften die Formen von ἰέναι hat, und diese auch allgemein aufgenommen sind, einzelne Handschriften die Formen von εἶναι bieten, s. Metaph. 994 a 8, de caelo 300 b 1, 14.

Oft findet sich εἰς τὸ φανερόν, εἰς τὸ ἐμφανές, vereinzelt hist. anim. 629 b 16, 18 auch εἰς φανερόν, nach aussen hin. εἰς βάθος, für gewöhnlich nach der Tiefe hin, in die Tiefe, scheint in einzelnen Stellen der spätern Schriften die Bedeutung der Bewegung zu verlieren und geradezu so gebraucht zu werden, wie ἐν βάθει, s. z. B. Probl. 934 b 23 ff.: διὰ τί τῆς θαλάσσης τὰ ἄνω τῶν ἐν τῷ βάθει ἁλμυρώτερα καὶ θερμότερα; ὁμοίως δὲ καὶ ἐν τοῖς φρέασι τοῖς ποτίμοις τὸ ἐπιπολῆς ἁλμυρώτερον τοῦ εἰς βάθος. Ueberhaupt steht in späten Schriften öfter εἰς, wo wir nach der gewöhnlichen Auffassung ἐν erwarten, s. z. B. de plant. 819 b 23, 826 b 30. In einzelnen Wendungen dagegen, auch namentlich wieder in den spätern Schriften, findet sich εἰς statt des gebräuchlicheren ἐπί. So z. B. findet sich Meteor. 386 a 16 εἰς πολύ, während sonst oft ἐπὶ πολύ sich findet. Doch könnte man an dieser Stelle schwanken, ob nicht εἰς in ἐπί zu ändern sei, da beide Präpositionen öfter in den Handschriften vertauscht werden, und εἰς πολύ sich nur noch ausserdem an einer Stelle in der sehr späten Schrift de plant. 824 b 17 findet. εἰς πολὺν τόπον, wo auch das gewöhnliche ἐπί wäre, s. Probl. 933 a 30, 943 b 7. Oefter findet sich auch εἰς von der Bewegung zu Personen, s. z. B. de cael. 270 b 20, Pol. 1262 b 26, 27.

Was nun den weitern Gebrauch anbetrifft, so findet sich εἰς namentlich oft in Ausdrücken wie μεταβάλλειν εἰς, ἀναλίσκειν εἰς, ἀναλύειν εἰς, τελευτᾶν, φθείρεσθαι εἰς. συνάγειν εἰς ὀξύ s. hist. anim. 496 a 19, Probl. 863 a 24, συνήκειν εἰς ὀξύ hist. an. 495 b 10, τελευτᾶν εἰς ὀξύ Physiogn. 813 a 33, συνωθεῖν εἰς μικρόν Parv. Nat. 479 b 24, συστέλλειν εἰς μικρόν hist. anim. 594 a 19, συνάγειν εἰς μικρόν Probl. 958 b 36, καθήκειν εἰς λεπτόν hist. anim. 503 a 20, συνήκειν εἰς στενόν de incess. anim. 710 b 2, συγκλείεσθαι εἰς στενόν mirabil. 843 a 6. Wo verschiedene Gründe oder Erscheinungen auf ein einziges zurückkommen, stehen Ausdrücke wie συνελθεῖν εἰς ἕν de caelo 288 a 16, Meteor. 368 b 16, ἔρχεσθαι εἰς ἕν Phys. 198 a 25, wie Bonitz Aristotelische Studien I 42 mit Recht für εἰς τὸ ἕν schreibt, συνάγειν εἰς ἕν de part. an. 662 a 23, Pol. 1281 b 13, zusammenfassen in eins Physiogn. 805 b 31: εἰς ἕν λαβεῖν. Ueber πίπτειν εἰς s. u. bei ὑπό.

Oft drückt εἰς den Zweck aus, so z. B. Top. 155 b 21 ff: αἱ δὲ παρὰ ταύτας (προτάσεις) λαμβανόμεναι τέτταρές εἰσιν ἢ γὰρ ἐπαγωγῆς χάριν τοῦ δοθῆναι τὸ καθόλου, ἢ εἰς ὄγκον τοῦ λόγου, ἢ πρὸς κρύψιν τοῦ συμπεράσματος, ἢ πρὸς τὸ σαφέστερον εἶναι τὸν λόγον. 157 a 6: εἰς μὲν οὖν κρύψιν τοῖς εἰρημένοις χρηστέον, εἰς δὲ κόσμον ἐπαγωγῇ καὶ διαιρέσει τῶν συγγενῶν. Pol. 1330 b 16: τά τε εἰς τροφὴν ὕδατα καὶ τὰ πρὸς τὴν ἄλλην χρείαν. So auch vor dem Infinitiv, z. B. Anal. post. 92 a 25: λαμβάνει δ' εἰς τὸ δεῖξαι τὸ τί ἦν εἶναι. de part. anim. 684 a 19: τὰ δ' ἐν τοῖς ὑπτίοις μόρια καὶ περὶ τὴν κεφαλὴν τὰ μὲν εἰς τὸ δέξασθαι τὸ ὕδωρ καὶ ἀφεῖναι ἔχουσι βραγχοειδῆ. Aehnlich findet sich öfter εἰς, wo πρός das gewöhnliche wäre. Oft drückt εἰς bloss im allgemeinen die Richtung aus, nach der hin eine Thätigkeit stattfindet, so z. B. Eth. N. 1120 a 20: οἱ δὲ μὴ λαμβάνοντες οὐκ εἰς ἐλευθεριότητα ἐπαινοῦνται, ἀλλ᾽ οὐχ ἧττον εἰς δικαιοσύνην. Rhet. 1389 b 7: τὰ ἀδικήματα ἀδικοῦσιν εἰς ὕβριν, s. 1390 a 18. So ist auch wohl der merkwürdige Ausdruck zu erklären de part. anim. 675 b 28: διόπερ ὅσα τῶν ζώων ἢ ἁπλᾶς ἔχει ἢ εὐρυχώρους τὰς ὑποδοχάς, τὰ μὲν εἰς πλῆθος γαστρίμαργα τὰ δ᾽ εἰς τάχος ἐστίν. Die einen sind gefrässig der Masse nach, eigentlich nach der Masse hin, die anderen der Schnelligkeit nach. Die ursprüngliche Bedeutung von εἰς geht in derartigen Wendungen immer mehr verloren, s. de generat. anim. 728 a 8: ἔνια τῶν δριμέων ἐπίδηλον ποιεῖ εἰς πλῆθος τὴν ἀπόκρισιν in Menge. Endlich steht εἰς auch, um einfach die Beziehung auszudrücken. So namentlich oft in der Nikomachischen Ethik, z. B. 1127 b 13: ἀργυρίον, ἢ ὅσα εἰς ἀργύριον, so öfter λέγειν εἰς in Bezug auf, namentlich in unächten Schriften findet sich überhaupt εἰς öfter in Wendungen, wo κατά das gewöhnliche ist. So z. B. mirabil. 838 b 13: κατασκευάσματα εἰς τὸν Ἑλληνικὸν τρόπον διακείμενα. φέρειν εἰς (in intransitiver Bedeutung) heisst nicht bloss, wie oft in den naturwissenschaftlichen Schriften, sich erstrecken bis, und gereichen zu, s. Rhet. 1383 b 14: τὰ εἰς ἀδοξίαν φαινόμενα φέρειν, 1384 a 17, 1417 a 3, sondern auch „sich beziehen auf," Pol. 1300 b 20: ὅσα εἰς τὴν πολιτείαν φέρει.

Bisweilen steht εἰς mit seinem Casus anscheinend an Stelle eines Adverbs, aber überall liegt doch die gewöhnliche Bedeutung der Präposition zu Grunde. So εἰς ὑπερβολήν zum Uebermass, übermässig: Magn. Mor. 1191 b 13, 1200 a 14, 18, Pol. 1323 b 3; εἰς ἀκρίβειαν Pol. 1331 a 2: ἄλλως τε καὶ νῦν εὑρημένων τῶν περὶ τὰ βέλη καὶ τὰς μηχανὰς εἰς ἀκρίβειαν πρὸς τὰς πολιορκίας, εἰς δύναμιν so weit es möglich ist, nach Kräften: de part. anim. 645 a 6, Eth. N. 1163 b 17, 1181 b 14, εἰς τὸ δυνατόν: Meteor. 344 a 6, Metaph. 1074 b 10, *εἰς τὸ ἐνδεχόμενον:* Magn. M. 1200 b 23. Dagegen heisst *εἰς τέλος* nicht, wie wohl bei andern Schriftstellern, am Ende, schliesslich, sondern ohne Unregelmässigkeit bis ans Ende, bis zu Ende. Vielmehr steht in der Bedeutung „schliesslich" *τέλος* allein, s. Rhet. 1360 a 26.

Nicht berührt ist bis jetzt der Gebrauch von *εἰς* bei Zeitangaben und vor Zahlen. Was Krüger: Griechische Sprachlehre I § 68. 21 A. 10 allgemein bemerkt: „Bei Zeitangaben bezeichnet *εἰς* theils eine Richtung, auf Bevorstehendes bezogen: auf, an; theils ein Erstrecken: auf — hin, für" gilt auch für Aristoteles. Ein Erstrecken bezeichnet *εἰς* Eth. N. 1162 b 26: *ἔστι δὴ νομικὴ μὲν ἡ ἐπὶ ῥητοῖς, ἡ μὲν πάμπαν ἀγοραία ἐκ χειρὸς εἰς χεῖρα, ἡ δὲ ἐλευθεριωτέρα εἰς χρόνον.* Meteor. 349 b 19 wird der Masse des Wassers, das an einem Tage fliesst, *τῷ καθ᾽ ἡμέραν ὕδατι ῥέοντι* (b 16) *τὸ ῥέον ὕδωρ εἰς τὸν ἐνιαυτόν* entgegengestellt. Dagegen dient *εἰς* zur Angabe eines in der Zukunft liegenden Zeitpunktes de interp. 18 b 22: *εἰς αὔριον,* 18 b 33: *εἰς μυριοστὸν ἔτος,* b 39: *οὐδ᾽ εἰς μυριοστὸν ἔτος μᾶλλον ἢ ἐν ὁποσῳοῦν χρόνῳ.* Phys. 218 a 28: *ἅμα ἂν εἴη τὰ εἰς ἔτος γενόμενα μυριοστὸν τοῖς γενομένοις τήμερον.* Magn. Mor. 1191 a 33: *εἰ γάρ τις τὸν εἰς δέκατον ἔτος κίνδυνον μὴ φοβεῖται, οὔπω ἀνδρεῖος.* *Εἰς ἕω* = mane Eth. N. 1164 a 16. *Εἰς ὕστερον* für später, in einer spätern Zeit s. Eth. N. 1167 b 33, 1174 a 15. *εἰς νέωτα* im folgenden Jahr, über's Jahr findet sich nur Oecon. 1347 a 29, öfter bei Theophrast, s. hist. pl. III 10 4, VII 13 5, IX 11 9, caus. pl. III 16 2. Bei Zahlen heisst *εἰς* meist bis zu, s. hist. anim. 558 a 14: *τίκτουσι δὲ πολὺ πλῆθος ᾠῶν· καὶ γὰρ εἰς ἑκατὸν τίκτουσιν ᾠά.* 596 a 10: *ζῶσι δ᾽ αἱ μὲν πολλαὶ τῶν καμήλων περὶ ἔτη τριάκοντα, ἔνιαι δὲ πολλῷ πλείω· καὶ γὰρ εἰς ἔτη ἑκατὸν ζῶσιν.* Bezeichnet hier *εἰς* die äusserste Grenze, so bedeutet es an andern Stellen, wie sonst *περί,* einfach gegen, an, ungefähr, s. de caelo 298 a 17: *καὶ τῶν μαθηματικῶν ὅσοι τὸ μέγεθος ἀναλογίζεσθαι πειρῶνται τῆς περιφερείας, εἰς τετταράκοντα λέγουσιν εἶναι μυριάδας σταδίων.* Ganz anders ist der Gebrauch von *εἰς* in der Wendung *εἰς δύο λέγειν* oder *ἑρμηνεύειν* je zwei Rhet. ad Alex. 1435 a 4, 5, 29, b 23, die daselbst genauer erklärt wird. Sodann endlich steht *εἰς* vor einigen Adverbien, mit denen es gewöhnlich verbunden, besser aber wohl getrennt geschrieben wird, so *εἰς ἅπαξ* für einmal, auf einmal: Meteor. 367 b 32, Parv. Nat. 447 b 19, hist. anim. 596 a 8, de gen. an. 739 a 9, Eth. N. 1123 a 1; *εἰς αὖθις* auf ein ander Mal: Eth. N. 1097 b 14. Ueber *ἕως εἰς* s. oben bei *ἕως.*

Was die Formen *εἰς* und *ἐς* anbelangt, so ist für die ächten Schriften ohne Zweifel nur *εἰς* anzuerkennen, in den unächten bieten die Handschriften öfter *ἐς,* so de plant. 829 b 4, Mech. 849 b 14, de Xenoph. 974 a 16 (cod. Lps.), 975 b 31, Oec. 1347 a 29; aber da derartige Stellen doch vereinzelt dastehen und ein häufiger Gebrauch von *ἐς* sich in keiner Schrift zeigt, so ist wohl überall *εἰς* zu schreiben.

ὡς.

ὡς mit dem Accusativ findet sich bei Aristoteles überhaupt nur an folgenden drei Stellen: Polit. 1303 b 25: *τὴν γυναῖκα αὐτοῦ ἀνέπεισεν ὡς αὐτὸν ἐλθεῖν.* Rhet. 1398 a 24: *καὶ δι' ἃ Σωκράτης οὐκ ἔφη βαδίζειν ὡς Ἀρχέλαον.* 1399 a 5: *Κόνων — ὡς Εὐαγόραν ἦλθεν.* In den unächten Schriften findet sich *ὡς* nicht.

ἀμφί.

ἀμφί findet sich in den ächten Schriften nie, in den unächten nur de mundo 398 a 20, *περί* hat es sonst vollständig verdrängt.

Präpositionen, welche den Genitiv und Accusativ regieren.

διά, κατά, μετά, ὑπέρ.

διά.

1. mit dem Genitiv.

In der gewöhnlichen Bedeutung „durch hin“ findet sich *διά* sowohl local als temporal oft, so sehr oft der Ausdruck *δι᾽ ὅλου*, auch oft *διὰ παντός*, was local durch alles hin bedeutet, s. z. B. de anima 404 a 6: *διὰ τὸ μάλιστα διὰ παντὸς δύνασθαι διαδύνειν*, temporal alle Zeit hindurch, immer, z. B. hist. anim. 564 a 11: *διαμένουσι διὰ παντὸς ἐφεδρεύουσαι*. *διὰ μέσου* heisst nicht bloss mitten durch, wie z. B. Rhet. 1411 b 2: *καὶ ὡς Ἰφικράτης εἶπεν "ἡ γὰρ ὁδός μοι τῶν λόγων διὰ μέσων τῶν Χάρητι πεπραγμένων ἐστίν."* *μεταφορὰ κατ᾽ ἀναλογίαν, καὶ τὸ διὰ μέσου πρὸ ὀμμάτων ποιεῖ*, sondern auch in der Mitte, so wird Polit. 1296 a 8 *τὸ διὰ μέσου* den beiden extremen Parteien entgegengesetzt, de anima 423 b 12: *δοκοῦμεν γὰρ αὐτῶν ἅπτεσθαι καὶ οὐδὲν εἶναι διὰ μέσου*. Sehr oft ist der Ausdruck *διὰ βίου* lebenslänglich, während sich *δι᾽ αἰῶνος* ewig. wohl nur in der Schrift de mundo findet 391 b 19, 397 a 30, b 7. Ausserdem führe ich hier an *διὰ τέλους* bis an's Ende, fortwährend, s. Meteorol. 346 a 33, 349 b 12, de anima 413 a 30, 432 b 21, hist. anim. 562 b 13, 577 b 23, 582 b 19, de gener. anim. 774 a 28. Sodann aber gibt *διά* sowohl local als temporal, namentlich in letzterer Bedeutung, einen Zwischenraum, Abstand an. So in dem Ausdruck *δι᾽ ἴσου* in gleichem Abstande, der sich übrigens nur in zweifelhaften Schriften findet: hist. anim. (Buch *K*) 634 a 36, Mech. 853 b 38, Probl. 882 b 3, 5, 7, *τὸ διὰ χρόνου* ist das in einem Abstand der Zeit von uns liegende, der Zeit nach entfernte, s. Rh. 1371 a 29: *διὰ τοῦτο καὶ τὰ διὰ χρόνου ἡδέα ἐστί, καὶ ἄνθρωποι καὶ πράγματα· μεταβολὴ γὰρ ἐκ τοῦ παρόντος ἐστίν, ἅμα δὲ καὶ σπάνιον τὸ διὰ χρόνου*. Etwas anders hist. anim. 546 b 10: *πάλιν δὲ βαίνει μετὰ τὴν ὀχείαν διὰ τρίτου ἔτους*. 594 b 21: *τὸ δὲ περίττωμα προΐεται σπανίως. διὰ τρίτης γὰρ ᾗ ὅπως ἂν τύχῃ προχωρεῖ* in einem Abstand von drei Tagen, so dass die Bedeutung eine distributive wird: alle drei Tage, je am dritten Tage.

Aus der ursprünglichen Bedeutung durch hin entwickelt

sich dann die instrumentale, vergl. $\varkappa\iota\nu\epsilon\tilde{\iota}\sigma\vartheta\alpha\iota$ $\delta\iota\grave{\alpha}$ $\pi\lambda\epsilon\iota\acute{o}\nu\omega\nu$ Phys. 256 a 6, 257 a 18, 258 a 11. In der instrumentalen Bedeutung findet sich nun $\delta\iota\acute{\alpha}$ sehr oft, ohne dass besondere Schwierigkeiten sich dabei zeigten. Es genügt hier, auf einzelne bemerkenswerthe Ausdrücke hinzuweisen, in denen theilweise die eigentlich locale Bedeutung zu Grunde liegt. $\delta\iota\grave{\alpha}$ $\chi\epsilon\iota\varrho\tilde{\omega}\nu$ $\ddot{\epsilon}\chi\epsilon\iota\nu$ s. Pol. 1308 a 27: $\varphi o\beta o\acute{\upsilon}\mu\epsilon\nu o\iota$ $\gamma\grave{\alpha}\varrho$ $\delta\iota\grave{\alpha}$ $\chi\epsilon\iota\varrho\tilde{\omega}\nu$ $\ddot{\epsilon}\chi o\upsilon\sigma\iota$ $\mu\tilde{\alpha}\lambda\lambda o\nu$ $\tau\grave{\eta}\nu$ $\pi o\lambda\iota\tau\epsilon\acute{\iota}\alpha\nu$, unter den Händen haben d. h. genau, sorgfältig etwas betreiben; $\epsilon\tilde{\iota}\nu\alpha\iota$ $\delta\iota\acute{\alpha}$ heisst in der Politik wiederholt in den Händen sein 1318 b 34: $\alpha\dot{\iota}$ $\tau\epsilon$ $\gamma\grave{\alpha}\varrho$ $\mathring{\alpha}\varrho\chi\alpha\dot{\iota}$ $\mathring{\alpha}\epsilon\dot{\iota}$ $\delta\iota\grave{\alpha}$ $\tau\tilde{\omega}\nu$ $\beta\epsilon\lambda\tau\acute{\iota}\sigma\tau\omega\nu$ $\ddot{\epsilon}\sigma o\nu\tau\alpha\iota$. 1301 b 12: $\tau\grave{\eta}\nu$ $\mu\grave{\epsilon}\nu$ $\varkappa\alpha\tau\acute{\alpha}\sigma\tau\alpha\sigma\iota\nu$ $\pi\varrho o\alpha\iota\varrho o\tilde{\upsilon}\nu\tau\alpha\iota$ $\tau\grave{\eta}\nu$ $\alpha\mathring{\upsilon}\tau\grave{\eta}\nu$, $\delta\iota^{\mathring{}}$ $\alpha\mathring{\upsilon}\tau\tilde{\omega}\nu$ $\delta^{\mathring{}}$ $\epsilon\tilde{\iota}\nu\alpha\iota$ $\beta o\acute{\upsilon}\lambda o\nu\tau\alpha\iota$. 1306 a 16: $\tau\tilde{\eta}\varsigma$ $\pi o\lambda\iota\tau\epsilon\acute{\iota}\alpha\varsigma$ $\gamma\grave{\alpha}\varrho$ $\delta\iota^{\mathring{}}$ $\mathring{o}\lambda\acute{\iota}\gamma\omega\nu$ $o\ddot{\upsilon}\sigma\eta\varsigma$. s. $\delta\iota^{\mathring{}}$ $\alpha\mathring{\upsilon}\tau\tilde{\omega}\nu$ $\ddot{\epsilon}\chi\epsilon\iota\nu$ 1293 a 28. $\delta\iota\grave{\alpha}$ $\sigma\tau\acute{o}\mu\alpha\tau o\varsigma$ $\gamma\acute{\iota}\nu\epsilon\sigma\vartheta\alpha\iota$ im Munde sein, s. Parv. N. 453 a 29: $\varkappa\alpha\grave{\iota}$ $\ddot{\epsilon}o\iota\varkappa\epsilon$ $\tau\grave{o}$ $\pi\acute{\alpha}\vartheta o\varsigma$ $\tau o\tilde{\iota}\varsigma$ $\mathring{o}\nu\acute{o}\mu\alpha\sigma\iota$ $\varkappa\alpha\grave{\iota}$ $\mu\acute{\epsilon}\lambda\epsilon\sigma\iota$ $\varkappa\alpha\grave{\iota}$ $\lambda\acute{o}\gamma o\iota\varsigma$, $\ddot{o}\tau\alpha\nu$ $\delta\iota\grave{\alpha}$ $\sigma\tau\acute{o}\mu\alpha\tau o\varsigma$ $\gamma\acute{\epsilon}\nu\eta\tau\alpha\acute{\iota}$ $\tau\iota$ $\alpha\mathring{\upsilon}\tau\tilde{\omega}\nu$ $\sigma\varphi\acute{o}\delta\varrho\alpha$. In manchen Ausdrücken dient $\delta\iota\acute{\alpha}$ mit seinem Casus nur zur Umschreibung eines Adverbs. So wird sehr oft $\delta\iota^{\mathring{}}$ $\mathring{\alpha}\varkappa\varrho\iota\beta\epsilon\acute{\iota}\alpha\varsigma$ $\epsilon\mathring{\iota}\pi\epsilon\tilde{\iota}\nu$ dem blossen allgemeinen Umrisse oder der nur gelegentlichen Untersuchung entgegengesetzt, s. Analyt. pr. 24 b 14, 46 a 29, Top. 153 a 11, Phys. 191 b 29, 192 a 35, Parv. Nat. 477 a 6, hist. anim. 488 b 28, 489 b 17, 491 a 8, 493 b 1, de part. anim. 644 b 35, de gener. an. 728 b 12, 753 b 14, Eth. N. 1174 b 2, Eth. Eud. 1227 a 11. Aehnlich heisst es Pol. 1279 b 11: $\delta\iota\grave{\alpha}$ $\mu\alpha\varkappa\varrho o\tau\acute{\epsilon}\varrho\omega\nu$ $\epsilon\mathring{\iota}\pi\epsilon\tilde{\iota}\nu$. $\delta\iota\grave{\alpha}$ $\tau\alpha\chi\acute{\epsilon}\omega\nu$ schnell findet sich histor. anim. 558 b 21, 573 b 14, 583 b 22, 587 a 29, Rhet. 1386 b 1. $\delta\iota\grave{\alpha}$ $\varkappa\epsilon\nu\tilde{\eta}\varsigma$ bedeutet umsonst, vergeblich Metaph. 992 a 28.

Bei dem Gebrauche von $\delta\iota\acute{\alpha}$ mit dem Accusativ werden wir sehen, wie öfter der Accusativ in einer Bedeutung steht, die eigentlich dem Genitiv angehört, andererseits finden wir bisweilen den Genitiv, wo nach der gewöhnlichen Auffassung der Accusativ stehen sollte. So z. B. Phys. 208 b 29: $\ddot{o}\tau\iota$ $\mu\grave{\epsilon}\nu$ $o\mathring{\upsilon}\nu$ $\ddot{\epsilon}\sigma\tau\iota$ $\tau\iota$ $\mathring{o}$ $\tau\acute{o}\pi o\varsigma$ $\pi\alpha\varrho\grave{\alpha}$ $\tau\grave{\alpha}$ $\sigma\acute{\omega}\mu\alpha\tau\alpha$, $\varkappa\alpha\grave{\iota}$ $\pi\tilde{\alpha}\nu$ $\sigma\tilde{\omega}\mu\alpha$ $\alpha\mathring{\iota}\sigma\vartheta\eta\tau\grave{o}\nu$ $\mathring{\epsilon}\nu$ $\tau\acute{o}\pi\omega$, $\delta\iota\grave{\alpha}$ $\tau o\acute{\upsilon}\tau\omega\nu$ $\ddot{\alpha}\nu$ $\tau\iota\varsigma$ $\mathring{\upsilon}\pi o\lambda\acute{\alpha}\beta o\iota$, aus diesen

Gründen, hier eigentlich: mittelst dieser Gründe. Aehnlich 209 a 29: διὰ μὲν οὖν τούτων οὐ μόνον τί ἐστιν, ἀλλὰ καὶ εἰ ἔστιν, ἀπορεῖν ἀναγκαῖον. Polit. 1316 b 14: πολλῶν τε οὐσῶν αἰτιῶν δι᾽ ὧν γίνονται αἱ μεταβολαί, οὐ λέγει ἀλλὰ μίαν.

2. mit dem Accusativ.

διά mit dem Accusativ bezeichnet bei Aristoteles nicht nur den Grund, sondern ausserdem oft die wirkende Ursache. .S. . Phys. 191 b 30: ὥσθ᾽ αἱ ἀπορίαι λύονται δι᾽ ἃς ἀναγκα- ζόμενοι ἀναιροῦσι τῶν εἰρημένων ἔνια. Meteor. 340 b 32: οὐθὲν δὲ κωλύει καὶ διὰ τὴν κύκλῳ φορὰν κωλύεσθαι συνίστασθαι νέφη ἐν τῷ ἄνω τόπῳ, s. 341 a 4, de part. anim. 696 a 22. de anima 404 a 23: πάντα κινεῖσθαι διὰ τὴν ψυχήν, ταύτην δ᾽ ὑφ᾽ αὑτῆς. Meteor. 355 b 19: ἀνα- φέρεται ταχὺ διὰ τὸν ἥλιον ἅπαν, s. 357 b 20. 365 a 22: τὰ μὲν γὰρ ἄνω συναληλίφθαι διὰ τοὺς ὄμβρους. Anal. pr. 50 a 14: ταράττεσθαι διὰ τὸ μῆκος und an manchen andern ähnlichen Stellen.

Dann aber heisst διά mit acc. auch geradezu durch, ver- mittelst; s. de caelo 301 a 18: σύγκρισιν δὲ ποιῶν διὰ τὴν φιλότητα. Meteor. 366 b 5: τὰ γὰρ θέρος καὶ ὁ χειμών, τὸ μὲν διὰ τὸν πάγον, τὸ δὲ διὰ τὴν ἀλέαν ποιεῖ τὴν ἀκινησίαν. Pol. 1263 b 36: ἀλλὰ δεῖ πλῆθος ὄν, ὥσπερ εἴρηται πρότερον, διὰ τὴν παιδείαν κοινὴν καὶ μίαν ποιεῖν. Phys. 219 b 29: καὶ γνώριμον δὲ μάλιστα τοῦτ᾽ ἐστίν. καὶ γὰρ ἡ κίνησις διὰ τὸ κινούμενον καὶ ἡ φορὰ διὰ τὸ φερόμενον, vergl. b 24: τῷ γὰρ φερομένῳ γνωρί- ζομεν τὸ πρότερον καὶ ὕστερον ἐν κινήσει. .

Κατά.

1. mit dem Genitiv.

In der ursprünglichen localen Bedeutung findet es sich im ganzen nur selten; hist. anim. 631 a 7: ἰδόντα τὸν ἵππον φεύγειν καὶ ῥῖψαι ἑαυτὸν κατὰ τῶν κρημνῶν von herun- ter. Rhet. 1406 b 15: τὸ δὲ Γοργίου εἰς τὴν χελιδόνα, ἐπεὶ

κατ᾽ αὐτοῦ πετομένη ἀφῆκε τὸ περίττωμα auf herunter,
auf herab. κατὰ κλίμακος s. Soph. El. 182 b 16, derselbe
Ausdruck findet sich bei Theophrast hist. pl. IX 3 2. Sodann
Meteor. 359 a 19: καταδύεσθαι κατὰ τοῦ ὕδατος. καθ᾽
ὕδατος „unter dem Wasser" „im Wasser" findet sich nur in
der Schrift de coloribus 792 a 1, 793 b 30, 794 b 32, κατὰ
βάθους in der Tiefe Meteor. 339 b 12, mirab. 831 b 8, 835
b 24. Ob der Ausdruck κατὰ γῆς „unter der Erde" ächt aristotelisch sei, lässt sich bezweifeln, er findet sich nur im Buch I
der Thiergeschichte in Abschnitten, die auch sonst vom aristotelischen Sprachgebrauch abweichen, s. 627 b 24, 628 a 8,
629 a 35, ausserdem de color. 795 a 14, 15, mirabil. 835 b 19,
sonst wird gesagt ὑπὸ γῆς oder ὑπὸ γῆν, auch κάτω τῆς
γῆς. Die ebenangeführten Ausdrücke κατὰ γῆς, καθ᾽ ὕδατος,
κατὰ βάθους, namentlich der letzte, finden sich oft bei Theophrast. Um aber zum Gebrauch des Aristoteles zurückzukeh-
ren, so heisst κατά ferner öfter gegen, z. B. Rhet. 1375 b 32:
καὶ Κλεοφῶν κατὰ Κριτίου τοῖς Σόλωνος ἐλεγείοις ἐχρήσατο, 1376 a 10: οἷον Εὔβουλος ἐν τοῖς δικαστηρίοις ἐχρήσατο κατὰ Χάρητος ᾧ Πλάτων εἶπε πρὸς Ἀρχίβιον. Bei
weitem am häufigsten aber findet sich κατά, um das Sein an
oder bei einem Gegenstande auszudrücken; so steht es bei den
Wörtern λέγεσθαι, κατηγορεῖσθαι und ähnlichen von dem
Beilegen eines Prädicates, wo auch der blosse Genitiv oder ἐπί
mit Genitiv oder Dativ oder περί mit Genitiv oder Accusativ
gebraucht wird. So steht κατά auch in dem Ausdrucke καθ᾽
ὅλου, κατὰ παντός. Auch findet sich oft ὑπάρχειν, εἶναι
κατά, κοινὸν κατά, ὁμοίως κατά und ähnliche Wendungen,
wo sonst das gewöhnlichste ἐπί mit dem Genitiv ist.

2. mit dem Accusativ.

Der Gebrauch von κατά mit dem Accusativ ist bei Aristoteles ein so mannigfaltiger, dass wir hier nur das wichtigste
daraus hervorheben können. Ein genaueres Eingehen auf alle
einzelnen Wendungen würde uns über unsere Aufgabe weit
hinausführen.

Aus dem gewöhnlichen localen und temporalen Gebrauche führe ich nur einige Wendungen an. κατὰ μέσον in der Mitte steht regelmässig ohne Artikel. κατ᾽ εὐθεῖαν in gerader Linie s. Phys. 226 b 32, 264 a 18, 28, b 19, 20, de caelo 269 b 13, 307 a 6, Met. 1068 b 30, noch häufiger κατ᾽ εὐθυωρίαν Meteor. 371 a 13, 377 b 1, 387 a 20, hist. anim. 526 b 27, de part. anim. 654 a 17, 656 b 29, 30, Rhet. 1379 a 11 und · öfter in verschiedenen spätern Schriften. κατὰ τὴν εὐθυπορίαν wohl nur de audib. 802 a 30. κατ᾽ εὐθύ findet sich überhaupt nur an zwei Stellen Soph. Elen. 182 a 3, de part. anim. 679 b 1. Jedoch 679 b 1: ἀπὸ δὲ τῆς κοιλίας ἔντερον ἁπλοῦν κατ᾽ εὐθὺ μέχρι πρὸς τὴν ἔξοδον.τοῦ περιττώματος ist wohl καὶ εὐθύ zu lesen, s. die ganz ähnliche Stelle 682 a 14: εὐθὺ καὶ ἁπλοῦν μέχρι τῆς ἐξόδου τοῦ περιττώματος. Sehr oft findet sich der Ausdruck κατὰ διάμετρον, s. darüber Trendelenburg Elem. Log. Ar. § 10. Er wird gebraucht um die grösste Entfernung, welche zwischen zwei Punkten möglich ist, zu bezeichnen. S. Meteor. 363 a 33: πλεῖστον δ᾽ ἀπέχει κατὰ τόπον τὰ κείμενα πρὸς ἄλληλα κατὰ διάμετρον s. b 9. Eine besondere Bedeutung hat in einigen unächten Schriften ἐᾶν κατὰ χώραν, nämlich es heisst bisweilen „ungestört lassen,“ „an seinem Platze lassen,“ s. Probl. 951 b 18, Oecon. 1353 a 10 und an anderen Stellen dieser Schrift.

Was den temporalen Gebrauch anbelangt, so hebe ich hervor den Ausdruck κατ᾽ ἀρχάς „zu Anfang,“ gleichbedeutend mit ἐν ἀρχῇ. Der Singular κατ᾽ ἀρχήν scheint nicht so gebraucht zu werden, er findet sich überhaupt nur Mech. 850 a 31, wo Wᵃ ἀρχάς hat, und Pol. 1293 b 27, während κατ᾽ ἀρχάς sehr häufig ist, es wird daher wohl an beiden Stellen ἀρχάς zu lesen sein. κατὰ τὴν ἀρχήν hat eine etwas andere Bedeutung, s. Meteor. 370 b 28, de gener. anim. 752 b 15, 773 a 9. Die Wendung κατὰ καιρόν „zur Zeit“ „zur rechten Zeit“ ist dem Aristoteles fremd, sie findet sich nur in ganz späten Schriften, s. de mundo 397 a 25, 399 a 24, de virtut. et vit. 1251 b 10, öfter auch bei Theophrast hist. pl. IV 14 8, VI

8 6, caus. pl. III 7 4, 22 3, V 10 5, 15 2, 3. *κατὰ τὸν καιρόν* s. Rhet. ad Al. 1433 b 26.

Was den weitern Gebrauch von *κατά* anbetrifft, so ist zunächst hervorzuheben, dass es sehr oft dazu dient, einen Gegenstand nach seinem Verhältniss zu einem andern zu messen, namentlich findet dies bei Grössenangaben statt, und wird dann sehr oft *ὡς* vor *κατά* gesetzt. S. de part. anim. 679 a 34: *στόμαχον μικρὸν κατὰ μέγεϑος τῶν σωμάτων.* de gener. anim. 728 a 5: *τὸ δὲ πλῆϑος, αἷς γίνεται, ἐνίοτε οὐ κατὰ σπέρματος πρόεσίν ἐστιν, ἀλλὰ πολὺ ὑπερβάλλει.* Oefter mit hinzugefügtem *ὡς,* s. hist. anim. 499 a 23: *μικρὸν ὡς κατὰ τὸ μέγεϑος,* s. 506 b 11, 509 a 16, 573 a 11 u. an vielen andern Stellen. Dasselbe wird auch bisweilen noch genauer durch *κατὰ λόγον* oder *ὡς κατὰ λόγον* mit dem Genitiv des als Mass dienenden ausgedrückt; s. hist. anim. 517 b 27: *δέρμα δὲ πάντων λεπτότατον ἄνϑρωπος ἔχει κατὰ λόγον τοῦ μεγέϑους,* s. de gener. an. 728 b 16. hist. anim. 496 b 15: *εἰσὶ δ᾽ αἱ τοῦ ἀνϑρώπου φλέβες παχεῖαι ὡς κατὰ λόγον τοῦ σώματος. κατὰ λόγον* heisst für sich allein oft nach Verhältniss, s. z. B. Meteor. 375 b 7: *ἐγγυτάτω δ᾽ ἐν τῇ ἔξωϑεν ἴριδι ἡ ἐλαχίστη περιφέρεια, ὥστε αὕτη ἕξει τὸ χρῶμα φοινικοῦν· ἡ δ᾽ ἐχομένη καὶ ἡ τρίτη κατὰ λόγον.* histor. anim. 573 a 5: *βοῖ δὲ καὶ ὄνῳ καὶ ἵππῳ πλείω μὲν τούτων διὰ τὸ μέγεϑος, ἐλάττω δὲ κατὰ λόγον πολλῷ.* Sonst ist die Bedeutung von *κατὰ λόγον* dem verschiedenen Sinne des Wortes *λόγος* entsprechend eine verschiedene. An vielen Stellen bedeutet es, um mich Bonitz Worte (zu Metaph. 989 a 30) zu bedienen: „quod rationibus ad rem pertinentibus accommodatum est et consentaneum", woselbst auch mehrere Beispiele angeführt werden, s. ausserdem de caelo 306 b 16, de part. anim. 677 b 3 (677 a 36 in ähnlicher Bedeutung *εὔλογον*), 689 a 16, de gener. an. 758 b 28, 775 b 30 und an manchen andern Stellen; dann heisst es auch vernunftgemäss, s. Eth. Nic. 1169 a 4: *καὶ διαφέρων τοσοῦτον ὅσον τὸ κατὰ λόγον ζῆν τοῦ κατὰ πάϑος.* Die Bedeutung von *κατά* ge-

mäss, entsprechend zeigt sich auch in den Wendungen κατ'
ἀξίαν, weit seltener κατὰ τὴν ἀξίαν nach Verdienst (das Gegentheil ist παρὰ τὴν ἀξίαν); κατὰ τρόπον „in richtiger
Weise" findet sich Top. 139 b 31, 148 b 2, 158 b 26, 159 a 24,
de part. anim. 639 a 5, de incess. anim. 707 a 9, Rhet. 1358
a 9, Magn. M. 1190 a 25, 1199 a 10, 12, Oecon. 1345 b 7. Häufig
ist die Bedeutung von κατά vermöge, auf Grund, sie findet
sich in sehr vielen Wendungen. Dass κατά auch geradezu bei
Aristoteles den Grund angibt, hat Bonitz zu Metaph. 987 b 9
bewiesen; er sagt daselbst: „Praepositio κατά cum accusativo
coniuncta quum vulgo respondeat Latinae praep. pro vel secun-
dum, ab Aristotele usurpatur ad significandam ipsam causam,
praecipue eam rationem, qua universale refertur ad speciale."
So findet sich sehr oft λέγεσθαι κατά auf Grund, ganz verschieden von λέγεσθαι κατά τινος, so κατά oft vor dem Relativ „auf Grund dessen," so ist oft der Ausdruck καθ' ὅ zu erklären, der aber dem allgemeinen Gebrauch von κατά entsprechend auch andere Bedeutungen hat. So bedeutet er öfter „in-
sofern", s. Top. 136 a 1: οἷον ἐπεὶ τῆς ὄψεώς ἐστιν ἴδιον
τὸ βλέπειν, καθὸ ἔχομεν ὄψιν, εἴη ἂν τῆς τυφλότητος
ἴδιον τὸ μὴ βλέπειν, καθὸ οὐκ ἔχομεν ὄψιν πεφυκότες
ἔχειν. de generat. anim. 767 b 28: καὶ τοῦτον δὴ τὸν τρόπον
τὰ μὲν ἐγγύτερον τὰ δὲ πορρώτερον ὑπάρχει τῷ γεννῶντι,
καθὸ γεννητικόν, ἀλλ' οὐ κατὰ συμβεβηκός, οἷον εἰ γραμ-
ματικὸς ὁ γεννῶν ἢ γείτων τινός. καθ' ὅσον so weit:
Phys. 192 b 18, de generat. et corr. 323 a 19, 326 b 32, Parv.
N. 439 b 8, de gener. anim. 732 a 6, 736 b 8, 743 a 29, Eth.
N. 1159 b 30, 1161 b 8, Pol. 1342 a 13. καθ' ὁπόσον Oec.
1350 a 21.

An manchen Stellen namentlich der naturwissenschaftlichen Schriften bedeutet κατά „durch" „vermittelst," s. hist.
anim. 492 a 15: Ἀλκμαίων γὰρ οὐκ ἀληθῆ λέγει, φάμε-
νος ἀναπνεῖν τὰς αἶγας κατὰ τὰ ὦτα. 504 b 29: ἴδιον
δ' ἔχουσι τό τε τῶν βραγχίων, ᾗ τὸ ὕδωρ ἀφιᾶσι δεξά-
μενοι κατὰ τὸ στόμα, s. 524 b 20, 527 b 18, 541 b 17, 549

a3, 589 b6, 605 a18, de part. anim. 697 a18: *δεχόμενα γὰρ κατὰ τὸ στόμα τὴν θάλατταν ἀφιᾶσι κατὰ τὸν αὐλόν,* de generat. anim. 756 b14, 15 und an andern Stellen.

.Endlich wird durch *κατά* ganz allgemein die Beziehung zu etwas ausgedrückt, und es steht so sehr häufig parallel mit dem Genitiv oder einem Adjectiv in den verschiedensten Wendungen. Das *κατά τι* steht öfter entgegen dem *ἁπλῶς,* z. B. Met. 1050 b 17: *οὐθὲν ἄρα τῶν ἀφθάρτων ἁπλῶς δυνάμει ἐστὶν ὂν ἁπλῶς κατά τι δ' οὐθὲν κωλύει, οἷον ποιὸν ἢ ποῦ.* Top. 109 a 19: *οὐδὲν γὰρ τούτων ἐνδέχεται κατά τι ὑπάρχειν ἢ μὴ ὑπάρχειν, ἀλλ' ἁπλῶς ἢ ὑπάρχειν ἢ μὴ ὑπάρχειν,* s. 21, 24 s. u., oder auch dem *ὅλως,* z. B. Pol. 1280 a 23.

Es bleibt nun noch übrig einige besonders wichtige Wendungen mit *κατά* hervorzuheben. Ueber die Bedeutung von *καθ' αὐτό* vergl. Buch *Δ* der Metaphysik Cap. 18 und die Erklärung von Bonitz dazu. Dem *καθ' αὐτό* steht oft entgegen das *κατὰ συμβεβηκός,* worüber das 2. Capitel des Buches E der Metaphysik zu vergleichen ist. *τὸ καθ' ἕκαστον* ist das Einzelne, entgegengesetzt dem *καθόλου.* Vergl. Met. 999 b 33: *τὸ γὰρ ἀριθμῷ ἓν ἢ τὸ καθ' ἕκαστον λέγειν διαφέρει οὐθέν· οὕτω γὰρ λέγομεν τὸ καθ' ἕκαστον τὸ ἀριθμῷ ἕν, καθόλου δὲ τὸ ἐπὶ τούτων. καθ' ἕκαστον* oder auch ähnlich *καθ' ἓν λαβεῖν, εἰπεῖν* ff. ist einzeln betrachten ff. ; in einzelnen spätern Schriften, nicht bei Aristoteles selbst, steht gleichbedeutend damit *καθ' ἓν ἕκαστον,* namentlich in der Rhetorik an Alexander, s. 1421 b 15, 1424 a 21, 1430 b 40, 1434 b 8, 1440 a 8, 1445 a 13. Einen andern Gegensatz zu *καθόλου* bildet *κατὰ μέρος,* in Betreff dessen es genügt, auf das zu *ἐν μέρει* bemerkte zu verweisen. Auch *κατὰ μόριον* findet sich an einigen Stellen. *κατὰ μικρόν* heisst gewöhnlich nach und nach und steht gleichbedeutend mit *ἐκ προσαγωγῆς,* s. z. B. Poet. 1448 b 23, 1449 a 13, hist. anim. 567 a 6: *ἄγει δὲ περὶ δωδεκαταῖα ὄντα τὰ τέκνα εἰς τὴν θάλατταν πολλάκις τῆς ἡμέρας, συνεθίζουσα κατὰ μικρόν,* aber auch = um ein weniges, ein wenig, s. Eth. N. 1102 b 9: *πλὴν εἴ πη κατὰ* μιχρὸν διιχνοῦνταί τινες τῶν κινήσεων. de part. anim. 644 b 32: εἰ καὶ κατὰ μικρὸν ἐφαπτόμεθα. Aehnlich wie κατὰ μικρόν steht auch κατ᾿ ὀλίγον, s. hist. anim. 582 b 8 (ähnlich κατὰ μικρόν de generat. anim. 756 a 14), Probl. 866 a 9, 12, 13, de mundo 393 b 8; κατὰ βραχύ findet sich hist. anim. 629 b 14: κατὰ βραχὺ ἐπιστρεφόμενος in kurzen Zwischenräumen, ausserdem nur noch in der Schrift de plantis, wo es ganz gleichbedeutend mit κατὰ μικρόν gebraucht wird, s. 816 b 1, 823 a 11, 13, b 25, 827 b 14; κατὰ πολύ wohl nur in spätern Schriften: de plant. 817 b 28, 820 a 8, 17, Probl. 866 a 11.

Von einzelnen Redensarten hebe ich noch hervor: κατὰ ζυγά hist. anim. 544 a 5, κατὰ συζυγίας 599 b 6, κατὰ ζεύγη 613 b 24 paarweise, κατὰ μόνας allein hist. anim. 629 a 34, Pol. 1281 b 34, κατ᾿ ἰδίαν == ἰδίᾳ hist. anim. 492 b 15, Polit. 1337 a 24. κατὰ τύχην zufällig: Eth. N. 1100 b 22, ähnlich Magn. M. 1188 b 27: τὸ γὰρ ἀκούσιόν ἐστι τό τε κατ᾿ ἀνάγκην καὶ κατὰ βίαν γινόμενον. κατ᾿ ἀκρίβειαν bedeutet bisweilen nichts anders als ἀκριβῶς, s. de caelo 287 b 15: ὅτι μὲν οὖν σφαιροειδής ἐστιν ὁ κόσμος, δῆλον ἐκ τούτων, καὶ ὅτι κατ᾿ ἀκρίβειαν ἔντορνος οὕτως ὥστε μηθὲν μήτε χειρόκμητον ἔχειν παραπλησίως u. s. w. Eth. Eud. 1236 b 18: ὅταν κατ᾿ ἀκρίβειαν ζητῶσιν. κατὰ δύναμιν heisst nicht allein dem κατ᾿ ἐνέργειαν „der Wirklichkeit nach" entgegen „der Möglichkeit nach", sondern auch gleichbedeutend mit εἰς δύναμιν nach Kräften, so weit es möglich ist, s. de generat. anim. 736 b 7: καὶ δεῖ προθυμεῖσθαι κατὰ δύναμιν λαβεῖν καὶ καθ᾿ ὅσον ἐνδέχεται, Eth. Eud. 1243 b 12, Rhet. 1381 a 1. Der Ausdruck κατ᾿ ἀλλήλους findet sich nur hist. anim. 527 a 6, Probl. 905 a 40; b 5, 913 b 4, κατάλληλοι, was daher abgeleitet ist, s. Probl. 905 b 8, ἀκατάλληλα de mundo 397 b 31. Metaph. 1041 a 33: ἐν τοῖς μὴ καταλλήλως λεγομένοις dürfte vielleicht κατ᾿ ἀλλήλων mit der Aldina und Sylburg zu lesen sein. Spätern Schriften eigenthümlich ist κατὰ διαδοχάς de mundo 398 a 33, κατὰ *διαδοχήν* 828 b 6. Vor Adverbien, meist verbunden mit ihnen geschrieben, findet sich *κατά* in *κατ' ἀντικρύ*: Meteor. 356 a 10, hist. anim. 528 b 10, 541 b 14, 555 a 6, 591 b 24, de part. anim. 696 b 24, de incess. anim. 706 a 15, de generat. anim. 754 b 25, Rhet. 1419 b 36, Poet. 1461 a 35, de mundo 391 b 21, Probl. 912 a 9, 944 b 3, *καϑ' ἅπαξ* Pol. 1259 b 36, 1332 b 23, ein für alle Mal.

Μετά

1. mit dem Genitiv.

Am gewöhnlichsten steht es einen begleitenden Umstand angebend, s. Eth. N. 1144 b 29: *Σωκράτης μὲν οὖν λόγους τὰς ἀρετὰς ᾤετο εἶναι (ἐπιστήμας γὰρ εἶναι πάσας), ἡμεῖς δὲ μετὰ λόγου.* Leicht entwickelt sich seine Bedeutung dann dahin, dass es bloss eine nähere Bestimmung angibt und so gewissermassen an Stelle eines Adverbs steht; s. *μετ' εἰρωνείας* Rhet. 1408 b 19, Rhet. ad Alex. 1436 b 21 ironisch, Metaph. 1000 a 19: *ἀλλὰ περὶ μὲν τῶν μυϑικῶς σοφιζομένων οὐκ ἄξιον μετὰ σπουδῆς σκοπεῖν*, öfter *μετὰ βίας* gewaltsam, s. Top. 145 b 3, de caelo 284 a 29, de part. anim. 668 b 19. Rhet. ad Alex. 1433 b 20: *μετ' εὐνοίας ἀκούειν.* Auch wird *μετά* mit seinem Casus durch den davortretenden Artikel substantivirt, s. de part. anim. 668 b 28: *τὸ μετ' ἀκριβείας*, Eth. N. 1177 a 4: *βελτίω τε λέγομεν τὰ σπουδαῖα τῶν γελοίων καὶ τῶν μετὰ παιδιᾶς.* Selten bedeutet *μετά* zu Gunsten, s. Rhet. 1376 b 15: *ἂν δ' ἐναντία ᾖ καὶ μετὰ τῶν ἀμφισβητούντων.*

2. mit dem Accusativ.

In den naturwissenschaftlichen Schriften findet sich *μετά* oft von der Lage gebraucht, um auszudrücken, dass ein Theil des Körpers auf den anderen folgt. S. z. B. de part. anim. 678 b 24: *μετὰ δὲ τὸ στόμα τοῖς μαλακίοις ἐστὶ στόμαχος μακρός.* 682 a 15, 688 b 34 und an andern Stellen. Weit häufiger wird aber *μετά* von der Zeitfolge gebraucht. Zu *μετὰ ταῦτα* wird bisweilen noch *ἔπειτα*, s. Met. 1076 a 26, de caelo

302 a 14, oder εἶτα, s. Anal. pr. 43 b 3, hinzugesetzt. μετ᾽
ἔπειτα s. Eth. N. 1175 a 9. μετὰ μικρόν nach kurzer Zeit,
bald darauf s. Eth. N. 1166 b 23, mirabil. 831 a 31, μετ᾽ ὀλίγον hist. anim. 580 b 12, μετ᾽ οὐ πολύ Magn. M. 1211 b 1
(μετ᾽ οὐ πολὺν χρόνον hist. anim. 601 a 9). Der Ausdruck
μεθ᾽ ἡμέραν eigentlich wohl nach Tagesanbruch, dann aber
allgemein geradezu den Gegensatz zu νύκτωρ bildend, also „bei
Tage", „am Tage", findet sich in ächten und unächten Schriften
an folgenden Stellen: Meteor. 342 a 11, 344 b 33, 360 a 3, 4,
367 b 8, 372 a 21, Parv. nat. 437 b 20, 460 b 32, 463 a 8,
26, 28, 464 b 13, 20, hist. anim. 546 a 21, mirab. 833 a 5,
Probl. 938 b 5, 941 a 35, Metaph. 993 b 10.

ὑπέρ

1. mit dem Genitiv.

Ueber den localen Gebrauch soll in Verbindung mit dem
Accusativ unten gesprochen werden, über die Bedeutung für,
zu Gunsten ist nichts besonderes zu bemerken, und es handelt
sich also nur darum festzustellen, in wie weit ὑπέρ ganz gleichbedeutend mit περί gebraucht werde. Im allgemeinen nun ist
dies bei Aristoteles nicht häufig, in einigen Schriften, und zwar
in der Ethik, Rhetorik und Topik, findet es sich öfter als in
den andern. Um einige Stellen aus der Topik anzuführen, s.
104 a 32: ἐν τοῖς ὑπὲρ τῶν ἐναντίων λεγομένοις, a 35:
τοῖς ὑπὲρ τούτων ἐπεσκεμμένοις, 116 a 5: τὴν σκέψιν
ποιούμεθα οὐχ ὑπὲρ τῶν πολὺ διεστώτων — ἀλλ᾽ ὑπὲρ
τῶν σύνεγγυς, 157 a 21: εἴρηται δ᾽ ὑπὲρ τούτων καὶ πρότερον. Aus der Nikomachischen Ethik vergleiche 1096 b 30,
1112 a 20, 21, 1155 b 16, 1172 a 26. Auch in den meisten
unächten Schriften findet sich dieser Gebrauch von ὑπέρ nicht
häufig, nur in einigen tritt er sehr stark hervor. So am meisten
in der grossen Ethik, in der sich ὑπέρ gleich περί 80 bis 90
mal findet, öfter auch in der Rhetorik an Alexander.

2. mit dem Accusativ.

Es findet sich in der gewöhnlichen Bedeutung „über hinaus" oft, auch bei Zahlen, s. Meteor. 372 a 28, hist. anim. 561

b 29. ὑπὲρ ἄνϑρωπον ist das, was über das menschliche Vermögen, über die menschliche Natur hinausgeht, s. Eth. N. 1115 b 7: τὸ δὲ φοβερὸν οὐ πᾶσι μὲν τὸ αὐτό, λέγομεν δέ τι καὶ ὑπὲρ ἄνϑρωπον. Aehnlich ὑπὲρ ἡμᾶς s. Eth. N. 1145 a 19: τὴν ὑπὲρ ἡμᾶς ἀρετήν, ἡρωϊκήν τινα καὶ ϑείαν, Metaph. 1000 a 15: καίτοι περὶ αὐτῆς τῆς προσφορᾶς τῶν αἰτίων τούτων ὑπὲρ ἡμᾶς εἰρήκασιν.

Was nun den localen Gebrauch von ὑπέρ anbetrifft, so ist in den ächten Schriften der Genitiv durchaus das gewöhnliche, der Accusativ findet sich nur vereinzelt, so bisweilen ὑπὲρ ἡμᾶς über uns de caelo 285 b 15: τῶν δὲ πόλων ὁ μὲν ὑπὲρ ἡμᾶς φαινόμενος τὸ κάτω μέρος ἐστίν. 289 a 33, wo aber E M ἡμῶν haben, 308 a 26. Ausserdem 279 a 20: τῶν ὑπὲρ τὴν ἐξωτάτω τεταγμένων φορά. Meteor. 340 b 26: τὸ δ᾽ ὑπὲρ τοῦτο entgegen dem τὸ περὶ τὴν γῆν b 24. hist. anim. 493 a 19: τὸ δὲ μονοφυὲς τὸ μὲν ὑπὸ τὸν ὀμφαλὸν ἧτρον, τὸ δ᾽ ὑπὲρ τὸν ὀμφαλὸν ὑποχόνδριον. Dagegen ist wohl 495 a 9 mit Aᵃ und Cᵃ der gewöhnlichere Genitiv ὑπὲρ τοῦ ἐγκεφάλου herzustellen. In einigen späten unächten Schriften findet sich ὑπέρ mit Accusativ in localer Bedeutung oft, so in der Schrift de mundo. In einigen Wendungen findet sich aber allgemein der Genitiv, so wird immer ὑπὲρ γῆς oder ὑπὲρ τῆς γῆς gesagt, s. Top. 131 b 26, 27, 29, 142 b 4, Meteor. 343 a 12, 346 a 29, 349 b 22, 30, 366 a 32, 377 a 25, 378 a 13, de part. anim. 653 a 6, de color. 795 a 13, Probl. 944 a 20. Darnach wird auch Meteor. 375 b 28: τὸ ὑπὲρ γῆν γινόμενον ὑπὲρ γῆς geschrieben werden müssen, was um so weniger Schwierigkeit macht, da auch an anderén Stellen, wo der Genitiv allgemein anerkannte Lesart ist, einzelne Handschriften γῆν haben, so Meteor. 378 a 13, de part. anim. 653 a 6. Aehnlich findet sich auch bei Theophrast neben dem häufig vorkommenden ὑπὲρ γῆς oder ὑπὲρ τῆς γῆς einmal ὑπὲρ γῆν de caus. pl. V 12 5, was auch wohl in γῆς zu ändern ist. Oefter findet sich sodann ὑπὲρ κεφαλῆς oder ὑπὲρ τῆς κεφαλῆς: de caelo 298 a 1, Meteor. 362 b 11, Parv. Nat.

477 a 5, hist. anim. 561 b 3, de part. anim. 688 a 11, Probl.
912 b 3. ὑπὲρ κεφαλῆς bedeutet nach dem Gebrauch des
Aristoteles das, was über uns liegt, s. de caelo 298 a 1: τὰ
ὑπὲρ κεφαλῆς ἄστρα, de part. anim. 688 a 11: τὸ μετε-
ωρότερον καὶ ὑπὲρ κεφαλῆς, ὑπὲρ τῆς κεφαλῆς dagegen
über dem Kopfe, oberhalb des Kopfes, von Gliedern, die höher
liegen als der Kopf, s. histor. anim. 561 b 29: ἔχει δὲ τὴν
κεφαλὴν ὑπὲρ τοῦ δεξιοῦ σκέλους ἐπὶ τῇ λαγόνι, τὴν δὲ
πτέρυγα ὑπὲρ τῆς κεφαλῆς. Dagegen steht Probl. 912 b 3
ὑπὲρ τῆς κεφαλῆς, wo nach dem sonstigen Gebrauche ὑπὲρ
κεφαλῆς stehen sollte. Endlich führe ich noch an, dass ὑπὲρ
mit dem Genitiv auch bei Aristoteles dazu dient zu bezeichnen,
dass Gegenden oberhalb einer andern oder auch einfach vom
Standpunkt des Redenden über dieselbe hinaus liegen. S. Meteor.
350 b 7: ὑπ᾽ αὐτὴν δὲ τὴν ἄρκτον ὑπὲρ τῆς ἐσχάτης Σκυθίας αἱ καλούμεναι Ῥῖπαι. hist. anim. 577 b 23: οἱ δ᾽ ἐν
τῇ Συρίᾳ τῇ ὑπὲρ Φοινίκης. de generat. anim. 748 a 26:
περὶ Κελτοὺς τοὺς ὑπὲρ τῆς Ἰβηρίας. Probl. 945 a 22: τὰ
ὑπὲρ Μέμφεως. In späten Schriften steht ebenso der Accusativ, s. de mundo 393 b 7, 8, 13, Mirab. 841 b 15, ventor. sit.
973 a 10.

Präpositionen, welche den Genitiv, Dativ und Accusativ regieren.

ἐπί, παρά, περί, πρός, ὑπό.

ἐπί.

1. mit dem Genitiv.

Es drückt in umfassendster Weise das Sein auf, bei, an einem
Gegenstande aus. ἐπ᾽ ἄκρου an der Spitze findet sich öfter, s. hist.
anim. 502 b 9, 517 a 22, 557 b 15, 567 b 28, 620 b 14, de part. anim.
691 a 7, de gener. anim. 785 a 35, ἐπ᾽ ἄκρων s. hist. anim. 523
b 30. Sehr oft findet sich der Ausdruck κίνησις ἐπ᾽ εὐθείας oder
ἐπὶ τῆς εὐθείας Bewegung auf gerader Linie, gleichbedeutend
mit κατ᾽ εὐθεῖαν oder κατ᾽ εὐθυωρίαν. s. ἐπ᾽ εὐθείας Phys.

4

262 a 14, 264 b 14, 265 a 14, 29, b 12, de caelo 269 25, 26, b 33, 270 b 30, 275 b 15, 296 a 31, um nur aus diesen beiden Schriften, wo sich der Ausdruck am häufigsten findet, Beispiele anzuführen, ἐπὶ τῆς εὐθείας s. Phys. 248 a 20, 262 a 13, de caelo 271 a 2, 3, 6, 9, 288 a 3. Temporal wird ἐπί oft ganz wie ἐν gebraucht, s. z. B. Eth. N. 1100 a 7: ἐπὶ γήρως, 1166 a 34: ἀφεῖσθαι ἐπὶ τοῦ παρόντος für das gewöhnliche ἐν τῷ παρόντι. Oefter findet sich ἐπὶ τελευτῆς oder ἐπὶ τέλους am Ende.

Sehr oft steht ἐπί bei den Verben κατηγορεῖσθαι, λέγεσθαι u. s. w. λέγεσθαι ἐπ᾽ ἴσων ist „in gleichem Umfang gesagt werden", s. Analyt. pr. 33 a 39: οὐδὲν γὰρ κωλύει τὸ Β ὑπερτείνειν τοῦ Α καὶ μὴ κατηγορεῖσθαι ἐπ᾽ ἴσων. Top. 121 b 4: πάλιν, εἰ ἐπ᾽ ἴσων τὸ εἶδος καὶ τὸ γένος λέγεται, s. b 8. Gleichbedeutend ist Top. 122 b 38 ἐπ᾽ ἴσης· συμβήσεται γὰρ ἐπ᾽ ἴσης ἢ ἐπὶ πλεῖον τὸ εἶδος λέγεσθαι· ἀεὶ γὰρ ἡ διαφορὰ ἐπ᾽ ἴσης ἢ ἐπὶ πλεῖον τοῦ εἴδους λέγεται. Sonst findet sich der Ausdruck ἐπ᾽ ἴσης nirgends bei Aristoteles.

Ein Lieblingsausdruck ist ὁμοίως δὲ καὶ ἐπί, um von einer besprochenen Sache zu einer andern ähnlichen überzugehen. ἐπὶ μέρους findet sich gleichbedeutend mit ἐν μέρει und κατὰ μέρος, aber seltener. Am häufigsten kommt es vor im Organon, nämlich Analyt. pr. 39 a 16, 51 a 5, 37, 58 b 2, 60 a 32, b 39, 69 a 38; post. 89 b 39, 90 a 2, Top. 108 b 37, 39, 109 a 8, 119 a 32, 35, 120 a 3, 4, 20, 141 a 15, 18, 154 b 36, 163 a 18, 164 a 4. Ueber den Gebrauch von ἐπί in der Formel τὸ ἐφ᾽ οὗ Α wird unten in Verbindung mit dem Dativ, der in gleicher Weise gebraucht wird, gesprochen werden. Eine Bewegung nach einem Ziele scheint ἐπί mit dem Genitiv bei Aristoteles nicht zu bezeichnen, nur findet sich an einigen Stellen ἐπὶ γῆς nach der Erde hin, Meteor. 371 a 11: ὅταν ἐπὶ γῆς φέρηται, Probl. 946 a 30, de mundo 394 a 32.

2. mit dem Dativ.

Weit mannigfaltiger ist der Gebrauch von ἐπί mit dem

Dativ. Zunächst stimmt er in vielen Punkten mit dem Genitiv überein, so heisst ἐπί mit Dativ local auch „an", „bei", s. ἐπ᾽ ἄκρῳ hist. anim. 499 a 26, 564 b 30, de generat. anim. 754 b 14, auch λέγεσθαι, κατηγορεῖσθαι ἐπί τινι findet sich öfter, ferner ὁμοίως δὲ καὶ ἐπί τινι allerdings selten neben dem Genitiv, s. de anima 414 b 24. Nie dagegen findet sich ἐπ᾽ εὐθείᾳ noch auch ἐπὶ μέρει, sondern hier steht nur der Genitiv. Mit Unrecht steht wohl der Dativ für den Genitiv Eth. N. 1107 b 14: νῦν μὲν οὖν τύπῳ καὶ ἐπὶ κεφαλαίῳ λέγομεν, in dieser Redensart ist bei den andern griechischen Schriftstellern durchaus der Genitiv üblich, den wir also auch wohl hier herzustellen haben, sei es, dass wir mit Kᵇ Nᵇ κεφαλαίον lesen oder κεφαλαίων, was überhaupt häufiger ist und wofür eine analoge Stelle bei Theophrast spricht: caus. pl. VI 6: ὡς ἐπὶ κεφαλαίων. Temporal steht der Dativ in einzelnen Wendungen, wo sich der Genitiv nicht findet, so ἐπὶ κυνί zur Zeit des Hundssterns, öfter gleichbedeutend mit ὑπὸ κύνα, s. hist. anim. 600 a 4, Probl. 941 a 37, 944 a 4, Met. 1026 b 33, 1064 b 36, ἐπ᾽ Ὠρίωνι, Probl. 941 b 24.

Was nun den weitern Gebrauch anbelangt, so bezeichnet der Dativ bisweilen soviel wie neben, ausser, s. z. B. Pol. 1271 a 39: ἐπὶ γὰρ τοῖς βασιλεῦσιν οὖσι στρατηγοῖς ἀιδίοις (wie jedenfalls mit Stahr und andern Herausgebern, obwohl gegen die Handschriften, die ἀίδιος haben, zu lesen ist) ἡ ναυαρχία σχεδὸν ἑτέρα βασιλεία καθέστηκεν. Sodann steht ἐπὶ τούτοις gleichbedeutend mit μετὰ ταῦτα, aber wohl nur in unächten Schriften, s. Magn. Mor. 1208 b 3: ἐφ᾽ ἅπασι δὲ τούτοις ὑπὲρ φιλίας ἀναγκαῖόν ἐστιν εἰπεῖν, öfter in der Rhetorik an Alexander, s. 1426 a 40: (συμβιβάζων) ὡς ἐπὶ τούτοις (ἔπραξεν) μεθ᾽ οὓς οὐδεὶς ἕτερος, wo also μετά und ἐπί durchaus gleichgestellt werden. 1424 b 24 folgt ἐπὶ τούτοις dem ἔπειτα b 23 und πρῶτον b 22, vergl. ferner 1438 b 38 (b 36 πρῶτον), 1439 a 33. Sehr oft steht ἐπί bei den Verben, welche einen Affect ausdrücken, um den Grund desselben zu bezeichnen, z. B. ἥδεσθαι, λυπεῖσθαι, μέγα φρονεῖν u. s. w.; überhaupt oft zur Angabe des Grundes, τιμᾶσθαι ἐπί auf Grund von etwas, s. Rhet. 1362 b 22, Eth. N. 1095 b 29, ἐπαινεῖσθαι Eth. N. 1110 a 20; 1113 b 30: ἐπ' αὐτῷ τῷ ἀγνοεῖν κολάζουσιν. Rhet. 1373 a 9: ἐπὶ μικρῷ τε γὰρ διαλύονται καὶ ῥᾳδίως καταπαύονται auf einen kleinen Anlass hin. Pol. 1306 a 38: ἐπ' αἰτίᾳ μοιχείας δικαίως μὲν στασιωτικῶς δὲ ποιησαμένων τὴν κόλασιν. Durch ἐπί wird dann auch oft ausgedrückt, dass etwas in der Macht eines liege, s. Eth. N. 1110 a 17: ὧν δ' ἐν αὐτῷ ἡ ἀρχή, ἐπ' αὐτῷ καὶ τὸ πράττειν καὶ μή. 1113 b 19: εἰ δὲ ταῦτα φαίνεται καὶ μὴ ἔχομεν εἰς ἄλλας ἀρχὰς ἀναγαγεῖν παρὰ τὰς ἐφ' ἡμῖν, ὧν καὶ αἱ ἀρχαὶ ἐν ἡμῖν, καὶ αὐτὰ ἐφ' ἡμῖν καὶ ἑκούσια. Polit. 1270 b 12: διαφθαρέντες γὰρ ἀργυρίῳ τινές, ὅσον ἐφ' ἑαυτοῖς, ὅλην τὴν πόλιν ἀπώλεσαν und an manchen andern Stellen. Sehr oft bezeichnet ἐπί den Beweggrund, den Zweck, s. Eth. N. 1096 a 14: ἐπὶ σωτηρίᾳ τῆς ἀληθείας καὶ τὰ οἰκεῖα ἀναιρεῖν, 1110 a 10, 1111 a 14; 1110 a 23: τὰ γὰρ αἴσχισθ' ὑπομεῖναι ἐπὶ μηδενὶ καλῷ ἢ μετρίῳ φαύλου. Rhet. 1398 a 6: προδιδόναι ἐπὶ χρήμασιν. Oft so vor dem Infinitiv, s. de incess. anim. 713 b 23: τῶν δὲ καράβων ὄντων σκληροδέρμων οἱ πόδες εἰσὶν ἐπὶ τῷ νεῖν καὶ οὐ τοῦ βαδίζειν χάριν. de gener. anim. 788 b 32: πρότερον γάρ ἐστι τοῦ λεᾶναι τὸ διελεῖν, εἰσὶ δ' ἐκεῖνοι μὲν ἐπὶ τῷ λεαίνειν, οὗτοι δ' ἐπὶ τῷ διαιρεῖν. Pol. 1253 a 14: ὁ δὲ λόγος ἐπὶ τῷ δηλοῦν ἐστὶ τὸ συμφέρον καὶ τὸ βλαβερόν. ἐπὶ τούτῳ ὅπως s. Eth. Eud. 1237 a 3: καὶ ἡ πολιτικὴ ἐπὶ τούτῳ, ὅπως οἷς μήπω ἐστὶ γένηται, in derselben Bedeutung ἐπὶ τούτῳ ὥστε Oecon. 1352 a 32: ἐπὶ τούτῳ ἥκειν ἔφη ὥστε μετοικίσαι αὐτούς. Seltener wird durch ἐπί eine Bedingung angegeben; s. z. B. Eth. N. 1162 b 25: ἔστι δὴ νομικὴ μὲν ἡ ἐπὶ ῥητοῖς auf bestimmte Bedingungen hin, s. b 31, 1163 a 5. ἐφ' ᾧ mit dem Futur findet sich Eth. N. 1169 a 27: καὶ χρήματα προοῖντ' ἂν ἐφ' ᾧ πλείονα λήψονται οἱ φίλοι. ἐφ' ᾧ mit dem Infinitiv nur Oecon. 1348 b 2: φάσκων αὐτῷ διδόναι χρήματα τοὺς ἑτέρους ἐφ' ᾧ αὐτοῖς τὰ πράγματα ἐγκλῖναι.

Endlich ist noch über den Gebrauch von ἐπί mit dem
Genitiv sowohl als mit dem Dativ bei der Bezeichnung eines
Gegenstandes mit Buchstaben zu sprechen. Statt nämlich
einfach den Buchstaben hinzuzufügen ἔστω A, wird sehr oft
gesagt ἔστω τὸ ἐφ’ οὗ (ᾧ) A das, woran A, wobei der Artikel τό auch sehr oft fehlt. Waitz bemerkt darüber Organ.
I 398: „τὸ δ’ ἐφ’ ᾧ B non idem est quod τὸ δὲ B: hoc enim
terminum significat, illud rem ad quam terminus refertur;
quamquam hoc discrimen non semper observatur ab Aristotele.‟
Die Belege dazu sind in manchen Schriften, so z. B. im Organon
und in der Physik, so häufig, dass einzelne Stellen nicht angeführt zu werden brauchen. Nur über die Form, in der das
Relativ steht, wenn der Artikel ihm nicht vorgesetzt wird,
dürfte noch einiges zu bemerken sein. Gewöhnlich richtet
es sich dann nach dem Worte, zu dem es gesetzt wird, und
steht also in demselben Numerus und Genus, s. Analyt. pr. 44
a12: ἔστω γὰρ τὰ μὲν ἑπόμενα τῷ A ἐφ’ ὧν B; οἷς δ’
αὐτὸ ἕπεται, ἐφ’ ὧν Γ, ἃ δὲ μὴ ἐνδέχεται αὐτῷ ὑπάρχειν, ἐφ’ ὧν Δ. πάλιν δὲ τῷ E τὰ μὲν ὑπάρχοντα, ἐφ’
οἷς Z, οἷς δ’ αὐτὸ ἕπεται, ἐφ’ οἷς H, ἃ δὲ μὴ ἐνδέχεται
αὐτῷ ὑπάρχειν, ἐφ’ οἷς Θ. Anal. post. 94 a28: ἔστω δὴ
ὀρθὴ ἐφ’ ἧς A, ἡμίσεια δυοῖν ὀρθαῖν ἐφ’ ἧς B, ἡ ἐν
ἡμικυκλίῳ ἐφ’ ἧς Γ und so an vielen Stellen. An manchen
andern dagegen bezieht sich das Relativ nicht auf das zu be-
zeichnende Substantiv, sondern auf ein τό, was vorschwebt.
Das Relativ steht dann also immer im Neutrum des Singu-
lars. s. Anal. pr. 64 a1: ἔστω γὰρ ἀγαθὸν μὲν ἐφ’ οὗ A,
ἐπιστήμη δὲ ἐφ’ οὗ B καὶ Γ. 64 a24: ἔστω γὰρ ἐπιστήμη ἐφ’ οὗ τὸ B καὶ Γ, ἰατρικὴ δ’ ἐφ’ οὗ A. 70 a24:
γυνὴ ἐφ’ οὗ Γ. 70 b34: οἷον ἀνδρεία τὸ A, τὰ ἀκρω-
τήρια μεγάλα ἐφ’ οὗ B, τὸ δὲ Γ λέων, vergl. 70 a17: ἐφ’
ᾧ B οἱ σοφοί.

3. mit dem Accusativ.

Zunächst drückt ἐπί die Richtung aus. Sehr oft finden
sich Ausdrücke wie ἐπὶ τὸ ἄνω, κάτω, ἐπὶ τὰ δεξιά, ἀρι-

στερά, ohne Artikel wohl nur hist. an. 598 b 19, 20, 685 b 15, 16, Probl. 941 b 11, 943 b 30, 951 a 18, ἐπὶ τὰ πλάγια, ἐπὶ τὰ πρανῆ; ἐπ᾿ ἀμφότερα, ἐπὶ θάτερα, ἐπὶ ταὐτά, ἐπ᾿ ἐκεῖνα (nicht ἐπέκεινα s. Parv. Nat. 449 a 26, 27, hist. anim. 605 b 28 ff.), ἐπὶ τάδε, sehr oft ἄπειρος ἐπί in der Richtung, nach hin. Ob ἐπ᾿ ἄπειρον gleich εἰς ἄπειρον von Aristoteles gebraucht werde, kann zweifelhaft erscheinen, es findet sich freilich an drei Stellen: Phys. 237 b 8, de caelo 294 a 22, Met. 994 a 20, aber an keiner von diesen Stellen übereinstimmend in allen Handschriften. Phys. 237 b 8 hat E statt ἐπ᾿ ἄπειρον ἄπειρος, de caelo 294 a 22 fehlen die Worte ἐπ᾿ ἄπειρον αὐτὴν ἐρριζῶσθαι λέγοντες in E u. L, Met. 994 a 20 hat die beste Handschrift A^b εἰς, der wir hier wohl um so unbedenklicher folgen dürfen, als wiederholt einzelne Handschriften statt des anerkannten εἰς ἄπειρον ἐπ᾿ ἄπειρον bieten, s. Phys. 210 b 27, Metaph. 994 a 3. Ueberhaupt werden ἐπί und εἰς häufig vertauscht, und so möchte ich auch als fraglich hinstellen, ob nicht Magn. M. 1188 b 5: ἵππον ἐπ᾿ ὀρθὸν θέοντα — εἰς ὀρθόν zu schreiben sei. Die gewöhnliche Bedeutung der Richtung hat ἐπί auch in der Bestimmung des ἔμπροσθεν de caelo 284 b 29: ἔμπροσθεν γὰρ λέγω ἐφ᾿ ὃ αἱ αἰσθήσεις, de part. anim. 656 b 23. Auch in übertragener Bedeutung findet es sich oft ähnlich ἐπὶ τὸ βέλτιον, χεῖρον; z. B. Rhet. 1389 b 20: ἔστι γὰρ κακοήθεια τὸ ἐπὶ τὸ χεῖρον ὑπολαμβάνειν πάντα, sodann ἐπὶ τὸ μᾶλλον, ἧττον Rh. 1389 b 2: ἅπαντα ἐπὶ τὸ μᾶλλον καὶ σφοδρότερον ἁμαρτάνουσι, ἐπὶ τὸ πλεῖον Eth. N. 1118 b 16: ὀλίγοι ἁμαρτάνουσι καὶ ἐφ᾿ ἕν, ἐπὶ τὸ πλεῖον, wohl zu unterscheiden von ἐπὶ πλεῖον, worüber wir gleich sprechen werden. Oefter bezeichnet ἐπί auch die feindliche Richtung, s. z. B. Pol. 1285 a 28: οἱ μὲν (βασιλεῖς) παρὰ τῶν πολιτῶν, οἱ δ᾿ (τύραννοι) ἐπὶ τοὺς πολίτας ἔχουσι τὴν φυλακήν und an manchen andern Stellen ähnlich.

Neben der Bedeutung der Richtung hat dann ἐπί die des Erstreckens, sowohl über einen Raum, als über eine Zeit hin;

ἐπί — τόπον, s. de generat. et corr. 320 a 24, Meteor. 347.
a 33, 351 a 15, 364 a 12, 868 b 13; ἐπί — χρόνον s. Eth. N.
1100 a 30; 1126 a 1, 1159 b 9, 1174 a 18, Phys. 263 a 3: οὐκ
ἄρα ἐνδέχεται συνεχῆ κίνησιν εἶναι ἐπὶ ἀΐδιον τῆς εὐθείας ist wohl mit F H I ἀΐδιον vor εἶναι zu stellen. Diese
Bedeutung liegt meist zu Grunde in den vielen formelartigen
Wendungen, in denen ἐπί sich findet. ἐπὶ πολύ über vielen
hin, weithin, ganz verschieden von ὡς ἐπὶ τὸ πολύ, s. de
caelo 303 b 28, de generat. et corr. 316 a 7, Meteor. 344 a 11,
18, 19, 387 a 14, hist. anim. 496 a 12, 503 a 20, 524 a 26 (wo
aber ἐπὶ πολύ zweifelhaft ist), 619 b 12, 621 a 14, de part.
anim. 660 b 7, de incess. anim. 711 b 18, de gener. an. 784.
b 8, Eth. N. 1119 b 7, 1121 b 16, 1126 b 8. ἐπὶ πλεῖον oder
πλέον (beide Formen finden sich fast gleich häufig) über mehr
hin, in weiterm Umfange, so namentlich im Organon, wo es sich
an folgenden Stellen findet: Categ. 3 b 21, 22, analyt. pr. 47
a 33, analyt. post. 74 a 3, 85 b 10, 96 a 24, 25, 30, 33, 34, b 8,
10, 99 a 18, 19, 32, 36, Top. 120 a 27, 121 b 1, 3, 12, 122
b 35, 38, 39, 123 a 6, 126 a 2, 127 a 35, 38, 128 a 23, 139
b 15, 140 a 24, 26, 144 b 6. ἐπὶ πλεῖστον s. Top. 144 a 30:
οὐδὲν γὰρ τῶν εἰρημένων ἐνδέχεται τοῦ γένους κατηγορεῖσθαι, ἐπειδὴ τὸ γένος ἐπὶ πλεῖστον πάντων λέγεται.
Eth. N. 1161 b 9: ἐπὶ μικρὸν δὴ καὶ ἐν ταῖς τυραννίσιν
αἱ φιλίαι καὶ τὸ δίκαιον, ἐν δὲ ταῖς δημοκρατίαις ἐπὶ
πλεῖστον, s. ferner Meteor. 365 b 31, 33, de part. anim. 687
a 22. ἐπὶ πᾶν nach jeder Richtung hin de part. an. 666 a 15.
Sehr oft findet sich ἐπὶ μικρόν; ich führe hier nur die Beispiele aus der Nikomachischen Ethik an: 1118 a 27 (φαίνονται
δὴ καὶ τῇ γεύσει ἐπὶ μικρὸν ἢ οὐθὲν χρῆσθαι), 1126
b 7, 1160 b 20, 1161 a 31, b 8, 1167 b 10, 1169 b 26, 1178
a 24; ἐπ' ἔλαττον Top. 112 b 10, 12, 121 b 13, 123 a 9, 127
a 34, de gener. et corr. 316 a 5, Eth. N. 1178 a 24, de plant. 821
b 26, Probl. 901 a 10; ἐπὶ μικρότατον hist. anim. 621 b 11,
ἐπ' ὀλίγον Meteor. 350 b 28, 364 a 3, de spirit. 484 b 32, 485
a 10, Probl. 899 b 7, Rhet. 1404 a 14 (ἀνεχειρήκασι δὲ ἐπ'

ὀλίγον περὶ αὐτῆς εἰπεῖν τινός); ἐπὶ βραχύ hist. anim. 503 a 25, de incess. anim. 711 b 24, Poet. 1448 b 14. ἐπ᾽ ἴσον „gleichweit" Analyt. post. 99 a 20, Top. 126 a 1, 127 a 35, 37, Eth. N. 1160 a 8. Sehr oft findet sich im Organon, namentlich in der ersten Analytik der Ausdruck ἐπί τι in einer gewissen Ausdehnung, in einem gewissen Umfange. Waitz bemerkt darüber Org. I 488: πρότασις ἐπί τι ἀληθής nihil aliud est ni fallor quam propositio quae quamquam aliquid veri habet, tamen non integram veritatem profert, h. e. propositio qua de parte tantum praedicatur (sive affirmatur sive negatur) quod de toto praedicari debebat, qualem Aristoteles appellat ἐπί τι ψευδῆ." Vergl. An. pr. 54 b 3: καὶ εἰ μὴ ὅλη ψευδὴς ἡ Β Γ ἀλλ᾽ ἐπί τι. 55 b 8: καὶ εἰ ἡ μὲν ἁπλῶς ἀληθὴς ἡ δ᾽ ἐπί τι ψευδής. Top. 149 b 6: εἰ μὲν γὰρ μηδενὸς τῶν ὄντων ἡ ἰατρικὴ ἐπιστήμη, δῆλον ὅτι ὅλως ἔψευσται, εἰ δὲ τινὸς μὲν τινός δὲ μή, ἐπί τι ἔψευσται, s. Anal. pr. 54 a 1, b 19, 35, 55 a 1, 19, b 5, 7, 9, 23, 28, 31, 36, 38, 56 a 3, b 5, 7, 20, 25, 32, 57 a 10, 15, 16, 22, 26, 28, 66 b 39, 67 a 5, Anal. post. 80 a 33, 37, Top. 149 b 5, 157 b 29, 160 b 26, Soph. Elen. 170 a 8. Ausser diesem Gebrauch in den logischen Schriften findet sich ἐπί τι äusserst selten, s. hist. anim. 622 b 10: ἔχει δὲ μεταξὺ τῶν πλεκτανῶν ἐπί τι συννεφές. Oft finden sich die Ausdrücke ἐπὶ τοσοῦτον und ἐφ᾽ ὅσον. Met. 1005 a 25: ἐπὶ τοσοῦτον δὲ χρῶνται, ἐφ᾽ ὅσον αὐτοῖς ἱκανόν, ausserdem in der Metaphysik ἐπὶ τοσοῦτον: 985 b 21, 1053 a 35, 1074 b 14, ἐφ᾽ ὅσον 1026 b 25, 1037 b 8, und so öfter in den verschiedenen Schriften, namentlich oft in der Nikomachischen Ethik, ἐπὶ τοσοῦτον ὥστε s. Pol. 1324 a 1. ἐπὶ πόσον Eth. N. 1109 b 20: ὁ δὲ μέχρι τίνος καὶ ἐπὶ πόσον ψεκτός οὐ ῥᾴδιον τῷ λόγῳ ἀφορίσαι. Nur de spirit. 485 a 5 findet sich der Ausdruck ἐφ᾽ ἱκανόν: ἀλλὰ τὰς ἀρχὰς ἐφ᾽ ἱκανόν, ὧν χάριν, σκεπτέον.

Mit dem Ausdruck ἐπὶ πολύ ist nicht ὡς ἐπὶ τὸ πολύ zu verwechseln, das sich sehr oft bei Aristoteles findet. Es bedeu-

tet „meistentheils", „der Regel nach", „gewöhnlich" und steht
so einerseits dem gegenüber, was ἐξ ἀνάγκης und ἀεί ist, s.
Top. 129 a 6: ὅτι δὲ τὸ πρὸς ἄλλο ἴδιον ἀποδοῦναι τὸ
διαφορὰν εἰπεῖν ἢ ἐν ἅπασι καὶ ἀεὶ ἢ ὡς ἐπὶ τὸ πολὺ
καὶ ἐν τοῖς πλείστοις — a 10: ὡς ἐπὶ τὸ πολὺ δὲ καὶ
ἐν τοῖς πλείστοις, καθάπερ τὸ λογιστικοῦ ἴδιον πρὸς
ἐπιθυμητικὸν καὶ θυμικὸν τῷ τὸ μὲν προστάττειν τὸ
δ' ὑπηρετεῖν· οὔτε γὰρ τὸ λογιστικὸν πάντοτε προστάττει, ἀλλ᾽ ἐνίοτε καὶ προστάττεται, οὔτε τὸ ἐπιθυμητικὸν
καὶ θυμικὸν ἀεὶ προστάττεται, ἀλλὰ καὶ προστάττει
ποτέ, ὅταν ᾖ μοχθηρὰ ἡ ψυχὴ τοῦ ἀνθρώπου. Sodann
aber wird das ὡς ἐπὶ τὸ πολύ mit dem ἐξ ἀνάγκης καὶ ἀεὶ
zusammen dem Zufälligen entgegengestellt. So namentlich im
2. Capitel des Buches E der Metaphysik, wo das συμβεβηκός
genau erklärt wird, vergl. 1026 b 31: ὃ γὰρ ἂν ᾖ μήτ᾽ ἀεὶ μήθ᾽
ὡς ἐπὶ τὸ πολύ, τοῦτό φαμεν συμβεβηκὸς εἶναι. οἷον
ἐπὶ κυνὶ ἂν χειμὼν γένηται καὶ ψῦχος, τοῦτο συμβῆναι
φαμεν, ἀλλ᾽ οὐκ ἂν πνῖγος καὶ ἀλέα, ὅτι τὸ μὲν ἀεὶ ᾖ
ὡς ἐπὶ τὸ πολύ, τὸ δ' οὔ. Phys. 198 b 35: ταῦτα μὲν γὰρ
καὶ πάντα τὰ φύσει ἢ ἀεὶ οὕτω γίνεται ἢ ὡς ἐπὶ τὸ πολύ, τῶν δ' ἀπὸ τύχης καὶ τοῦ αὐτομάτου οὐδέν. Uebrigens wird ὡς überall hinzugesetzt, mit Ausnahme von Met.
1025 a 15, wo wir daher ohne Zweifel es hinzufügen müssen.
An einigen Stellen fehlt der Artikel, der durchaus nothwendig
ist, da ἐπὶ πολύ, wie wir oben sahen, etwas ganz anderes bedeutet, s. Anal. 25 b 14, wo C auch ὡς ἐπὶ τὸ πολύ hat, Phys.
196 b 11 (F und I ὡς ἐπὶ τὸ πολύ), b 13 (I hat den Artikel),
b 20 (F I ὡς ἐπὶ τὸ πολύ), Probl. 902 a 10. Dagegen hist.
an. 628 a 32: οὐδὲ δύνανται ἐπὶ τὸ πολὺ πέτεσθαι „weithin" dürfte der Artikel zu streichen sein. In ähnlicher Bedeutung findet sich ὡς ἐπὶ τὸ πλέον Eth. Nic. 1137 b 15, Pol.
1283 a 33, ὡς ἐπὶ τὸ πλεῖστον meist mit hinzugefügtem
εἰπεῖν, hist. anim. 545 b 13, 547 a 12, de generat. an. 721 a 13,
Pol. 1297 b 33, 1335 a 8; auch de gener. anim. 786 a 35 ist
vielleicht für ὡς ἐπὶ τὸ πλῆθος εἰπεῖν, was sich sonst nicht

bei Ar. findet, mit Z πλεῖστον zu lesen. Nicht selten findet sich sodann der bei Theophrast sehr gebräuchliche Ausdruck ὡς ἐπὶ τὸ πᾶν oder ὡς ἐπὶ πᾶν, gewöhnlich mit hinzugefügtem εἰπεῖν, s. ὡς ἐπὶ πᾶν εἰπεῖν Meteor. 358 b 15, 386 b 23, hist. anim. 506 b 6, de part. anim. 669 b 3, 677 a 23, Probl. 949 b 16, ὡς ἐπὶ πᾶν ohne εἰπεῖν Probl. 891 b 21, ὡς ἐπὶ τὸ πᾶν εἰπεῖν Parv. Nat. 466 b 14, hist. an. 573 a 27; de gener. anim. 732 a 20: ὡς ἐπὶ τὸ πᾶν βλέψαντας εἰπεῖν, wie sich auch ὡς ἐπὶ τὸ πολὺ βλέψαντας εἰπεῖν findet, s. hist. anim. 663 b 30.

Aus der Bedeutung der Richtung geht öfter bei ἐπί die des Zweckes hervor. So vergl. de part. anim. 661 b 1: τοῖς μὲν οὖν ἄλλοις ἡ τῶν ὀδόντων φύσις κοινὴ μὲν ἐπὶ τὴν τῆς τροφῆς ἐργασίαν ὑπάρχει, de generat. anim. 760 b 7: εὖ δὲ καὶ τὸ τοὺς βασιλεῖς ὥσπερ πεποιημένους ἐπὶ τέκνωσιν ἔσω μένειν, ἀφειμένους τῶν ἀναγκαίων ἔργων, καὶ μέγεθός δὲ ἔχειν, ὥσπερ ἐπὶ τεκνοποιίαν συστάντος τοῦ σώματος αὐτῶν. Namentlich findet sich öfter so ἐφ᾽ ὅ, s. de part. anim. 665 b 12: ὑγροῦ δ᾽ ὄντος τοῦ αἵματος ἀναγκαῖον ἀγγεῖον ὑπάρχειν, ἐφ᾽ ὅ δὴ καὶ φαίνεται μεμηχανῆσθαι τὰς φλέβας ἡ φύσις. 684 b 1: οὗ χρῶνται ἐφ᾽ ὅ πεφύκασιν, s. Eth. Eud. 1248 a 27. Eth. Nic. 1133 a 19: ἐφ᾽ ὅ τὸ νόμισμ᾽ ἐλήλυθεν.

Das Sein an und bei etwas kann der Accusativ nicht ausdrücken, sondern nur der Genitiv und Dativ. Eth. Eud. 1221 b 26: ὁμοίως δὲ καὶ ἐπὶ τὰ ἄλλα τὰ τοιαῦτα ist deshalb ἐπί wohl zu streichen (s. b 23 ὁμοίως δὲ καὶ ἡ ὕβρις).

Παρά.

1. mit dem Genitiv.

Der Gebrauch bietet gar keine Abweichungen dar. παρά bezeichnet sehr oft das Herrühren, meistens von einer Person, bisweilen ohne bedeutenden Unterschied von dem einfachen Genitiv, s. Pol. 1310 b 7: τὰς ἁμαρτίας ἔχουσα τὰς παρ᾽

ἀμφοτέρων τῶν πολιτειῶν. de gener. et corr. 336 b 16: ὁμολογούμενα τοῖς παρ᾽ ἡμῶν λόγοις. de gener. anim. 772a 18: τὸ περίττωμα τὸ τοῦ θήλεος καὶ τὸ παρὰ τοῦ ἄρρενος. Oefter bedeutet es auch örtlich „von her" „von weg" s. Pol. 1311 b 29: Σμέρδις Πένθιλον πληγὰς λαβὼν καὶ παρὰ τῆς γυναικὸς ἐξελκυσθεὶς διέφθειρεν. Poet. 1461 b 7: παρ᾽ αὐτῶν γῆμαι λέγουσι τὸν Ὀδυσσέα. Oecon. 1353 a 27: πέμψας τινὰ παρ᾽ αὐτόν ist wohl αὐτοῦ mit mehreren Handschriften zu lesen. An sehr vielen Stellen findet sich sodann παρά beim Passiv, namentlich bei den Verben des Sagens und Forschens wie λέγεσθαι, ὁμολογεῖσθαι, ζητεῖσθαι ff.

2. mit dem Dativ.

Der Gebrauch ist ganz und gar der gewöhnliche.

3. mit dem Accusativ.

Zunächst ist oft der locale Gebrauch „neben", so παρ᾽ ἄλληλα. Dann auch weiter = bei, an, Parv. Nat. 438 b 13: πληγεῖσι παρὰ τὸν κρόταφον. de part. anim. 668 a 12: δεῖ γὰρ καὶ τὸ αἷμα διὰ παντὸς καὶ παρὰ πᾶν εἶναι. Meteor. 387 b 28: αἴτιον δ᾽ ὅτι τὰ μὲν ξύλα ἀθρόον ἔχει τὸ ὑγρὸν καὶ δι᾽ ὅλου συνεχές, ὥστε διακαίεται, ὁ δὲ χαλκὸς παρ᾽ ἕκαστον μὲν μέρος, οὐ συνεχὲς δὲ καὶ ἔλαττον ἢ ὥστε φλόγα ποιῆσαι. So öfter παρ᾽ ἕκαστον Phys. 259 a 4, de mot. anim. 703 a 32: παρεῖναι παρ᾽ ἕκαστον τῶν γινομένων, Probl. 938 b 29, Rhet. ad Alex. 1438 b 18. Rhet. ad Al. 1434 b 6: χρὴ δὲ παρὰ μέρος ἕκαστον τοῦ λόγου παλιλλογεῖν, 1444 b 23: καὶ παρὰ μέρος καὶ παρ᾽ εἶδος τῇ παλιλλογίᾳ χρηστέον. Ob παρὰ μέρος wie ἐν μέρει oder κατὰ μέρος auch „abwechselnd" bedeuten könne, kann zweifelhaft erscheinen, da es sich in dieser Bedeutung nur Pol. 1261 b 4: οἱ μὲν γὰρ ἄρχουσιν οἱ δ᾽ ἄρχονται παρὰ μέρος findet, und hier mehrere Handschriften κατά haben. Für παρά möchte dagegen sprechen, dass Theophrast öfter παρὰ μέρος ganz gleichbedeutend mit κατὰ μέρος gebraucht, so, um nur eine Stelle anzuführen, caus. pl. IV 6 1: τὸ παρὰ μέρος καὶ μὴ ἅμα γεννᾶν. In übertragener Bedeutung findet sich παρὰ πόδας von dem, was zunächst liegt oder der Zeit nach unmittelbar folgt, Top. 164 b 19: οὗτοι δ᾽ εἰσὶν οἱ καθόλου, καὶ πρὸς οὓς πορίζεσθαι χαλεπώτερον ἐκ τῶν παρὰ πόδας. Mir. 846 a 1: ἐπιόρκοις δὲ παρὰ πόδας ἡ δίκη. An einigen Stellen scheint παρά, wie auch κατά mit dem Accusativ, „durch" zu bezeichnen, s. hist. anim. 526 b 18: τὴν δὲ θάλατταν δέχονται μὲν παρὰ τὸ στόμα πάντα τὰ τοιαῦτα, s. b 20, 527 b 17.

In temporaler Bedeutung bezeichnet παρά einerseits das Erstrecken über einen Zeitraum hin, doch dies nicht so sehr in ächten als in unächten Schriften, s. Magn. M. 1208 b 5: ἐπειδήπερ ὁρῶμεν παρὰ πάντα τὸν βίον παρατείνουσαν καὶ ἐν παντὶ καιρῷ. de virt. et vit. 1251 a 9: καὶ τὸ ἐπὶ μικροῖς λυπεῖσθαι, καὶ τὸ ταῦτα πάσχειν ταχέως καὶ παρὰ βραχὺν καιρόν. Davon verschieden ist hist. anim. 582 b 4: καὶ ταῖς μὲν συνεχῶς καθ᾽ ἕκαστον ὀλιγάκις τὰ καταμήνια φοιτᾷ, παρὰ δὲ μῆνα τρίτον ταῖς πλείσταις, in jedem dritten Monat. de gener. anim. 757 a 7: ὀχεύειν καὶ ὀχεύεσθαι παρ᾽ ἔτος. παρ᾽ ἡμέραν heisst hist. anim. 571 a 21, wo allein es sich findet, Tag um Tag, Tag für Tag, täglich: σχεδὸν δὲ καὶ οἱ ἄλλοι πάντες ἰχθύες ταχεῖαν λαμβάνουσι τὴν αὔξησιν, πάντες δ᾽ ἐν τῷ Πόντῳ θᾶττον παρ᾽ ἡμέραν γὰρ καὶ αἱ ἄμιαι πολὺ ἐπιδήλως αὔξονται.

Aus der Bedeutung „neben" entwickeln sich dann verschiedene andere Anwendungen. Zunächst dient παρά oft dazu zwei Dinge zu vergleichen, indem sie neben einander gestellt werden, s. Met. 984 b 17: οἷον νήφων ἐφάνη παρ᾽ εἰκῇ λέγοντας τοὺς πρότερον. So erklärt sich der Ausdruck ἴδιος παρά (viel öfter ἴδιος πρός), der sich namentlich in der Thiergeschichte öfter findet, s. 499 a 13: αἱ δὲ κάμηλοι ἴδιον ἔχουσι παρὰ τἄλλα τετράποδα τὸν καλούμενον ὕβον ἐπὶ τῷ νώτῳ, vergl. 508 a 23. Hierher gehört auch der Gebrauch von παρά nach dem Comparativ, der übrigens bei Aristoteles sehr selten ist, öfter findet er sich nur in der späten Schrift über die Pflanzen, s. 817 b 32, 819 b 38., 821 a 18, in derselben Schrift, aber auch nur in dieser, findet sich auch παρό nach dem Comparativ s. 820 a 5, 14, 824 a 10. Auch abgesehen vom Comparativ wird durch παρά öfter ausgedrückt, dass etwas vor dem andern, mehr als das andere gilt. hist. anim. 602 a 13: συμφέρει δὲ τοῖς κορακίνοις ὡς εἰπεῖν παρὰ τοὺς ἄλλους ἰχθῦς τὰ αὐχμώδη μᾶλλον τῶν ἑτῶν. Pol. 1315 a 14: ἔτι δὲ πάσης μὲν ὕβρεως εἴργεσθαι, παρὰ πάσας δὲ δυοῖν. Poet. 1459 a 30: θεσπέσιος ἂν φανείη Ὅμηρος παρὰ τοὺς ἄλλους u. so öfter. Die Differenz „um" bezeichnet παρά in dem Ausdruck παρὰ μικρόν um ein weniges, was meist so viel bedeutet wie „beinahe", s. Anal. pr. 47 b 38, Soph. Elench. 169 b 15, Phys. 197 a 27, 29, Pol. 1303 a 20, 21, Rhet. 1371 b 10. Dagegen scheinen sich παρ᾽ ὀλίγον, παρὰ πολύ, παρὰ τοσοῦτον bei Aristoteles nicht zu finden.

Sehr oft bedeutet παρά „ausser", nicht weniger oft „gegen." παρὰ φύσιν wird oft dem κατὰ φύσιν entgegengesetzt, ebenso παρὰ τὴν ἀξίαν (immer mit dem Artikel) dem κατ᾽ ἀξίαν, παρὰ λόγον (neben παρὰ τὸν λόγον) findet sich Meteor. 352 b 33, Eth. Nic. 1167 b 18, Eth. Eud. 1248 a 9, 10, Rhet. 1362 a 7, Rhet. ad Al. 1429 b 23, 28, 29, 34; παρὰ δόξαν (neben παρὰ τὴν δόξαν) Rhet. 1379 a 24, παρὰ μέλος unpassend Eth. Eud. 1233 a 39, παρὰ δύναμιν ohne Artikel wohl nur Rhet. ad Alex. 1423 b 29: εἶθ᾽ ὡς πολλὴν ἄνοιαν τούτων καὶ οἱ θεοὶ καὶ οἱ ἄνθρωποι κατακρίνουσιν, ὅσοι παρὰ δύναμίν τι ποιοῦσιν über ihr Vermögen; sonst steht der Artikel dabei, s. Poet. 1451 b 38: παρὰ τὴν δύναμιν παρατείνοντας μῦθον.

Die causale Bedeutung von παρά tritt bei Aristoteles sehr hervor, sehr oft bezeichnet es „auf Grund" „in Folge" „wegen." Um nur einige Beispiele anzuführen, s. de anima 421 a 23: σημεῖον δὲ καὶ τὸ ἐν τῷ γένει τῶν ἀνθρώπων παρὰ τὸ αἰσθητήριον τοῦτο εἶναι εὐφυεῖς καὶ ἀφυεῖς, παρ᾽ ἄλλο δὲ μηδέν. Nicht selten findet sich συμβαίνειν παρά wie sonst διά, so z. B. Phys. 240 a 18: ὁ μὲν οὖν λόγος οὗτός ἐστιν, συμβαίνει δὲ παρὰ τὸ εἰρημένον ψεῦδος. s. Top.

160 b 24, 34, 161 a 2. 162 a 33: τίς δὲ ἡ μοχθηρία; ἢ ὅτι ποιεῖ, παρ᾽ ὃ ὁ λόγος, λανθάνειν τὸ αἴτιον. Oft steht παρά in causaler Bedeutung vor dem Infinitiv mit τό, s. z. B. Phys. 239 b 31: συμβαίνει δὲ παρὰ τὸ λαμβάνειν τὸν χρόνον συγκεῖσθαι ἐκ τῶν νῦν, namentlich in den logischen Schriften. παρὰ τοῦτο heisst oft aus diesem Grunde, in Folge dieses, s. Anal. pr. 65 b 6: τὸ γὰρ μὴ παρὰ τοῦτο γίνεσθαι τότε λέγομεν, ὅταν ἀναιρεθέντος τούτου μηδὲν ἧττον περαίνηται ὁ συλλογισμός. Aus dieser causalen Bedeutung ist auch wohl Eth. N. 1114 b 17 zu erklären: εἴτε δὴ τὸ τέλος μὴ φύσει ἑκάστῳ φαίνεται οἱονδήποτε, ἀλλά τι καὶ παρ᾽ αὐτὸν ἐστίν, wenn hier nicht der Genitiv vorzuziehen ist. In den unächten Schriften nimmt dieser causale Gebrauch von παρά noch zu, παρό wird ganz ebenso wie διό gebraucht. s. de color. 798 a 23, de audib. 802 a 1, mirab. 834 b 29, ventor. sit. 973 a 15.

παρ᾽ αὐτίκα findet sich, wenn ich mich nicht irre, nur in unächten Schriften, besonders de plant., s. 817 a 40, 819 b 12, 820 a 41, 823 a 22, Rhet. ad Alex. 1432 a 26.

περί.

1. mit dem Genitiv.

Zuerst bemerke ich wegen der Stellung, dass die Nachstellung von περί bei Aristoteles für veraltet gilt, s. Poet. 1458 b 31: ἔτι δὲ Ἀριφράδης τοὺς τραγῳδοὺς ἐκωμῴδει, ὅτι ἃ οὐδεὶς ἂν εἴποι ἐν τῇ διαλέκτῳ, τούτοις χρῶνται, οἷον τὸ δωμάτων ἄπο ἀλλὰ μὴ ἀπὸ δωμάτων, καὶ τὸ σέθεν, καὶ τὸ ἐγὼ δέ νιν, καὶ τὸ Ἀχιλλέως πέρι ἀλλὰ μὴ περὶ Ἀχιλλέως, καὶ ὅσα ἄλλα τοιαῦτα. Nichts destoweniger finden wir an folgenden Stellen περί nachgestellt: de caelo 286 a 6: τῷ τῶν συμβεβηκότων αὐτοῖς πέρι πάμπαν ὀλίγην ἔχειν αἴσθησιν. Meteor. 361 b 9: αὐχμῶν τε πέρι καὶ ἐπομβρίας. 382 a 27: πήξεως οὖν πέρι ῥητέον. Bei Theophrast findet sich περί nachgestellt hist. pl. VI 3 7, caus. pl. II 5 2, VI 6 10.

• Die Bedeutung von περί ist die gewöhnliche. Mit dem Genitiv bezeichnet es, dass ein Gegenstand unmittelbar von einer Thätigkeit betroffen werde, und steht so namentlich oft bei den Verben des Sagens, Untersuchens ff.; z. B. εἰπεῖν, σκοπεῖν, θεωρεῖν, ἀμφισβητεῖν, βουλεύειν; wenn der Accusativ bei diesen Wörtern steht, was nicht gerade selten ist, so ist die Beziehung eine entferntere „in Betreff", und bezeichnet derselbe oft bloss das Gebiet, in welches eine Thätigkeit fällt, obwohl dieser Unterschied keineswegs immer festgehalten wird, sondern öfter der Accusativ ohne Unterschied vom Genitiv steht. Bemerkenswerther aber ist es, dass an sehr vielen Stellen der Genitiv steht, wo der Accusativ das regelmässige wäre, so steht bei ὁμοίως δὲ καὶ περί, ἔχειν περί, δῆλον, φανερὸν περί und in anderen Ausdrücken neben dem gebräuchlichern Accusativ auch der Genitiv, oft in demselben Satze abwechselnd mit einander. Auch τὰ περί mit dem Genitiv steht nicht selten ganz gleichbedeutend mit dem Accusativ, womit man aber nicht solche Fälle verwechseln darf, wo zu τὰ περί ein Verb ergänzt werden muss, bei dem die Präposition den Genitiv regieren würde, wie z. B. in Benennungen von Schriften: τὰ περί φύσεως, γενέσεως, ἀναπνοῆς, ῥητορικῆς, ποιητικῆς ff.

Nicht selten steht περί mit seinem Casus satzartig „was das anbetrifft," Bonitz bemerkt darüber Aristotel. Studien II 48 zu Meteor. 357 b 26: „Die Präposition περί im Beginne dieser Stelle ist unverkennbar in der auch bei Aristoteles oft genug vorkommenden Weise gebraucht, dass sie dem deutschen „was das anbetrifft" gleichgesetzt werden kann. Wo dies der Fall ist, finden wir als Fortsetzung des Satzes entweder die bestimmte Aufstellung der Frage, deren Gebiet vorher durch περί allgemeiner bezeichnet war, oder sogleich deren Beantwortung" (folgen Beispiele). Namentlich Constructionen der letzteren Art finden sich öfter bei Aristoteles. Wendungen wie περί πάντων, περὶ τῶν πλείστων, περὶ τῶν μεγίστων finden sich öfter am Ende eines Satzes, um die verschiedenen Dinge, welche erwähnt sind, zusammen zu fassen, oder auch nur um hervor-

— 64 —

zuheben, dass nichts wesentliches mehr fehle. Am häufigsten findet sich so περὶ πάντων, s. hist. anim. 538 b 28 ff: ὅσα μὲν οὖν ἔχουσι μόρια τὰ ζῷα πάντα καὶ τῶν ἐντὸς καὶ τῶν ἐκτός, ἔτι δὲ περί τε τῶν αἰσθήσεων καὶ φωνῆς καὶ ὕπνου, καὶ ποῖα θήλεα καὶ ποῖα ἄρρενα, πρότερον εἴρηται περὶ πάντων. 571 b 3: περὶ μὲν οὖν τῶν ἄλλων ζῴων καὶ πλωτῶν καὶ πτηνῶν, καὶ περὶ τῶν πεζῶν ὅσα ᾠοτοκεῖ, σχεδὸν εἴρηται περὶ πάντων. Soph. El. 183 a 33, Parv. Nat. 480 b 22, de part. anim. 653 b 10, 690 b 12, de gener. anim. 769 a 6, Met. 995 b 25, Pol. 1273 b 30, 1316 a 1. Aehnlich findet sich auch περὶ τῶν πλείστων, s. Meteor. 359 b 22: περὶ μὲν οὖν ὑδάτων καὶ θαλάττης, δι᾽ ἃς αἰτίας ἀεί τε συνεχῶς εἰσὶ καὶ πῶς μεταβάλλουσι καὶ τίς ἡ φύσις αὐτῶν, ἔτι δ᾽ ὁπόσα πάθη κατὰ φύσιν αὐτοῖς συμβαίνει ποιεῖν ἢ πάσχειν, εἴρηται σχεδὸν ἡμῖν περὶ τῶν πλείστων. περὶ τῶν μεγίστων Meteor. 369 a 7: περὶ μὲν οὖν σεισμῶν, καὶ τίς ἡ φύσις αὐτῶν, καὶ διὰ τίν᾽ αἰτίαν γίνονται, καὶ περὶ τῶν ἄλλων τῶν συμβαινόντων περὶ αὐτούς, εἴρηται σχεδὸν περὶ τῶν μεγίστων.

περὶ πλείστου ποιεῖσθαι findet sich Eth. N. 1160 b 15: περὶ πλείστου ποιούμενοι τὸ πλουτεῖν, ausserdem kommt dieser Ausdruck wohl nur vor in der Schrift de virt. et vit. 1250 b 39: ὁ τὸ ζῆν περὶ πολλοῦ ποιούμενος, 1251 b 6: τὸ κέρδος τῆς αἰσχύνης περὶ πλείονος ποιοῦνται, 1251 b 11: ἔστι δὲ τῆς ἀνελευθερίας τὸ περὶ πλείστου ποιεῖσθαι χρήματα.

2. mit dem Dativ.

Mit dem Dativ findet sich περί nur an folgenden zwei Stellen: hist. an. 554 a 17: φέρει δὲ κηρὸν μὲν καὶ ἐριθάκην περὶ τοῖς σκέλεσιν, 555 a 4: κόπρος δὲ μόνον περὶ τοῖς σκώληξιν (P Dᵃ statt περὶ ὕπεστι), doch bieten diese beiden Capitel auch ausserdem mehreres vom Sprachgebrauch des Aristoteles abweichende. In den unächten Schriften findet sich nirgends περί mit dem Dativ.

3. mit dem Accusativ.

In localer Bedeutung findet es sich nicht allein in der gewöhnlichen Weise == „um herum", „ringsum", „ringsum in," „in der Umgebung von", sondern es steht auch geradezu gleichbedeutend mit ἐν. Zum Belege dafür will ich einige Beispiele aus der Politik anführen. 1287 a 7: τοιαύτη γὰρ ἀρχή τίς ἐστι καὶ περὶ Ἐπίδαμνον καὶ περὶ Ὀποῦντα in Epidamnus und Opus. 1341 a 33: καὶ γὰρ ἐν Λακεδαίμονί τις χορηγὸς αὐτὸς ηὔλησε τῷ χορῷ, καὶ περὶ Ἀθήνας οὕτως ἐπεχωρίασεν ὥστε σχεδὸν οἱ πολλοὶ τῶν ἐλευθέρων μετέσχον αὐτῆς. 1319 b 17: ὅπερ συνέβη τῆς στάσεως αἴτιον γενέσθαι περὶ Κυρήνην. 19: ἔτι δὲ καὶ τὰ τοιαῦτα κατασκευάσματα χρήσιμα πρὸς τὴν δημοκρατίαν τὴν τοιαύτην, οἷς Κλεισθένης τε Ἀθήνῃσιν ἐχρήσατο βουλόμενος αὐξῆσαι τὴν δημοκρατίαν, καὶ περὶ Κυρήνην οἱ τὸν δῆμον καθιστάντες. 1313 b 12: ἀλλ᾽ εἶναι κατασκόπους, οἷον περὶ Συρακούσας αἱ ποταγωγίδες καλούμεναι, vergl. ferner 1304 a 4, 1310 b 27, 1315 b 13, 22 (30 parallel damit Ἀθήνῃσιν). Doch ist dieser Gebrauch keineswegs auf die Politik beschränkt, sondern findet sich zerstreut in allen Schriften, nur bringt die Natur des in der Politik behandelten Stoffes es mit sich, dass derartige Ortsbestimmungen sich hier häufiger finden als anderswo.

Sodann ist über die Redensart οἱ περί τινα genauer zu sprechen. Bekannt ist, dass dieselbe im Lauf der Zeit immer mehr in die Bedeutung übergeht, nicht so sehr die Umgebung als die einzelne Person selbst zu bezeichnen, so dass sie bei spätern Schriftstellern öfter nur zur Umschreibung des Namens dient. Was nun Aristoteles Gebrauch anbetrifft, so wird öfter οἱ περί in der gewöhnlichen Weise von der Umgebung gebraucht und kann so der Person selbst entgegengesetzt werden, so z. B. Pol. 1314 b 23: ἔτι δὲ μὴ μόνον αὐτὸν φαίνεσθαι μηδένα τῶν ἀρχομένων ὑβρίζοντα, μήτε νέον μήτε νέαν, ἀλλὰ μηδ᾽ ἄλλον μηδένα τῶν περὶ αὐτόν. An manchen Stellen aber ist es ganz klar, dass nicht so sehr an die Umgebung als an die Person selbst gedacht werde. De caelo

5

305 a 33 ff: *πάλιν οὖν ἐπισκεπτέον τίς ὁ τρόπος τῆς ἐξ ἀλλήλων γενέσεως, πότερον ὡς Ἐμπεδοκλῆς λέγει καὶ Δημόκριτος, ἢ ὡς οἱ εἰς τὰ ἐπίπεδα διαλύοντες, ἢ ἔστιν ἄλλος τις τρόπος παρὰ τούτους. οἱ μὲν οὖν περὶ Ἐμπεδοκλέα καὶ Δημόκριτον λανθάνουσιν αὐτοὶ αὐτούς* ff. eigentlich die Anhänger, die Schule des Empedocles, aber wie diese Stelle zeigt parallel stehend mit dem Namen selbst. de gener. et corr. 314 a 25: *ἐναντίως δὲ φαίνονται λέγοντες οἱ περὶ Ἀναξαγόραν τοῖς περὶ Ἐμπεδοκλέα· ὁ μὲν γὰρ φησι πῦρ καὶ ὕδωρ καὶ ἀέρα καὶ γῆν στοιχεῖα τέσσαρα καὶ ἁπλᾶ εἶναι μᾶλλον ἢ σάρκα καὶ ὀστοῦν καὶ τὰ τοιαῦτα τῶν ὁμοιομερῶν, οἱ δὲ ταῦτα μὲν ἁπλᾶ καὶ στοιχεῖα, γῆν δὲ καὶ πῦρ καὶ ὕδωρ καὶ ἀέρα σύνθετα.* Meteor. 342 b 35: *παραπλησίως δὲ τούτοις καὶ οἱ περὶ Ἱπποκράτην τὸν Χῖον καὶ τὸν μαθητὴν αὐτοῦ Αἰσχύλον ἀπεφήναντο,* vergl. 343 a 27: *καθάπερ φησὶν Αἰσχύλος καὶ Ἱπποκράτης* und so öfter *οἱ περὶ* mit dem Namen eines Philosophen. Aber auch in andern Wendungen wird *οἱ περὶ* in ähnlicher Weise gebraucht, s. Pol. 1305 b 24: *ἐγγίνεται γὰρ δημαγωγὸς κἂν πάνυ ὀλίγοι ὦσιν, οἷον ἐν τοῖς τριάκοντα Ἀθήνησιν οἱ περὶ Χαρικλέα ἴσχυσαν τοὺς τριάκοντα δημαγωγοῦντες, καὶ ἐν τοῖς τετρακοσίοις οἱ περὶ Φρύνιχον τὸν αὐτὸν τρόπον.* 1312 b 9: *ἵνα δ'* (d. h. *τρόπον φθείρεται τυραννίς,* s. a 39) *ἐξ αὐτῆς, ὅταν οἱ μετέχοντες στασιάζωσιν, ὥσπερ ἡ τῶν περὶ Γέλωνα καὶ νῦν ἡ τῶν περὶ Διονύσιον, ἡ μὲν Γέλωνος* ff., s. 16: *Διονύσιον δὲ Δίων — ἐκβαλὼν διεφθάρη.* Es steht übrigens, wie in allen angeführten Fällen, so überhaupt nicht nach *οἱ περὶ* der Artikel vor dem Namen der Person.

Temporal dient *περὶ* oft zur Angabe einer ungefähren Zeitbestimmung, s. z. B. Meteor. 343 b 1: *ὁ — μέγας κομήτης ὁ γενόμενος περὶ τὸν ἐν Ἀχαΐᾳ σεισμόν.* 361 b 23: *διὸ περὶ Ὠρίωνος ἀνατολὴν μάλιστα γίνεται νηνεμία,* und so an vielen Stellen. Nicht selten findet sich dann bei *περὶ*, wo wir die Ordinalzahl erwarten, die Cardinalzahl. hist.

anim. 501 b 25: φύονται δ᾽ οἱ τελευταῖοι τοῖς ἀνθρώποις γόμφιοι, οὓς καλοῦσι κραντῆρας, περὶ τὰ εἴκοσιν ἔτη um das zwanzigste Jahr, s. de gen. anim. 789 a 17. hist. anim. 537 b 14: καὶ νέοις μὲν οὖσι καὶ παιδίοις ἔτι πάμπαν οὐ γίνεται ἐνύπνιον, ἀλλ᾽ ἄρχεται τοῖς πλείστοις περὶ τέτταρα ἔτη ἢ πέντε. 630 b 23: ζῆν δέ φασι τὸν ἐλέφαντα οἱ μὲν ἔτη διακόσια, οἱ δ᾽ ἑκατὸν εἴκοσι, καὶ τὴν θήλειαν ἴσα σχεδὸν τῷ ἄρρενι, ἀκμάζειν δὲ περὶ ἔτη ἑξήκοντα. Rhet. 1390 b 11: ἡ δὲ ψυχὴ (ἀκμάζει) περὶ τὰ ἑνὸς δεῖν πεντήκοντα und ähnlich an mehreren andern Stellen, besonders in der Thiergeschichte, s. 544 b 26, 27, 583 b 3, 5, 585 b 3. Uebrigens kann der Artikel vor der Zahl sowohl stehen als fehlen. Nicht hiermit zu verwechseln ist der Gebrauch von περί, wo es vor Zahlen nichts anders als „ungefähr" „etwa" bezeichnet; am häufigsten, ja fast ausschliesslich, findet es sich so in der Thiergeschichte. So z. B. 563 a 27: ἐπῳάζει δὲ περὶ τριάκονθ᾽ ἡμέρας, s. b 2; 564 a 25: ὁ δὲ ταὼς ζῆ μὲν περὶ πέντε καὶ εἴκοσιν ἔτη, 566 b 21: συμβαίνει δὲ καὶ ἀφανίζεσθαι αὐτὸν ὑπὸ κύνα περὶ τριάκονθ᾽ ἡμέρας. 542 b 16: τίκτει δ᾽ ἡ ἀλκυὼν περὶ πέντε ᾠά, 543 a 16: ὁ δ᾽ εἷς τόκος γίνεται περὶ ἑπτὰ ἢ ὀκτώ, 555 a 26: γίνονται περὶ ἕνδεκα τὸν ἀριθμόν und ähnlich oft. Bisweilen steht dann μάλιστα dabei, s. hist. anim. 506 a 31: τὸν ἀριθμὸν δ᾽ εἰσὶ μάλιστα περὶ εἴκοσι, 564 a 30, 616 a 33, de mundo 393 b 21. Eigenthümlich ist hist. anim. 567 a 5: ἄγει δὲ περὶ δωδεκαταῖα ὄντα τὰ τέκνα εἰς τὴν θάλατταν die ungefähr zwölftägigen, zwölf Tage alten.

In übertragener Bedeutung findet sich περί mit dem Accusativ sehr oft „in Ansehung" „in Betreff." Namentlich werden durch τὰ περί manche Umschreibungen gebildet, die in der verschiedensten Weise zu übersetzen sind; doch findet sich hier eigentlich nichts vom gewöhnlichen Gebrauch abweichende, nur hat Aristoteles denselben sehr weit ausgedehnt. Wie περί mit dem Genitiv kann auch der Accusativ satzartig steben „was das anbetrifft" s. Met. 1086 b 32: *περὶ δὲ τὰ μαθηματικά, διὰ τί οὐκ εἰσὶ μέρη οἱ λόγοι τῶν λόγων.*

πρός.

1. mit dem Genitiv.

Es findet sich sehr selten sowohl in den ächten wie in den unächten Schriften, dazu kann man an einigen Stellen zweifelhaft sein, ob nicht der Acousativ herzustellen sei. So z. B. Probl. 962 b 25: *πρὸς δείλης δὲ καὶ ἐπὶ μέσας νύκτας οἷον τελευτή τις καὶ ἐναντίον ἐκείνῳ,* ist wohl *πρὸς δείλην* gegen Abend zu lesen. Die Redensart *πρὸς ἀγαθοῦ γίνεσθαι* zum Nutzen, zum Heil gereichen findet sich nur de mundo 397 a 30: *ταῦτα δὲ πάντα ἔοικεν αὐτῇ πρὸς ἀγαθοῦ γινόμενα τὴν δι' αἰῶνος σωτηρίαν παρέχειν. πρὸς αἵματος* s. Pol. 1262 a 11.

2. mit dem Dativ.

Es findet sich oft sowohl in der Bedeutung „bei" als „ausser." *εἶναι πρός τινι, γίνεσθαι πρός τινι* bedeutet, wie gewöhnlich, beschäftigt sein mit etwas. Sehr oft findet sich *πρὸς δὲ τούτοις* „ausserdem" „dazu", öfter mit einem eigentlich überflüssigen *ἔτι,* so, um aus der Topik einige Beispiele anzuführen, 130 a 5, 131 a 33, 135 a 1. *πρός* ohne Casus in der Bedeutung „dazu" „ausserdem" findet sich überhaupt nur Soph. El. 166 a 35, s. von 33 an: *παρὰ δὲ τὴν διαίρεσιν, ὅτι τὰ πάντ' ἐστὶ δύο καὶ τρία, καὶ περιττὰ καὶ ἄρτια, καὶ τὸ μεῖζον ἴσον· τοσοῦτον γὰρ καὶ ἔτι πρός.*

3. mit dem Accusativ.

Zunächst bezeichnet es local eine Richtung in durchaus regelmässiger Weise. *πρὸς ἄναντες* aufwärts s. Meteor. 356 a 12: *εἶναι δὲ μέχρι τοῦ μέσου τὴν κάθευσιν· τὸ γὰρ λοιπὸν πρὸς ἄναντες ἤδη πᾶσιν εἶναι τὴν φοράν. πρὸς ἀνάντη* s. Probl. 940 b 35. Oefter dient *πρός* zur Bezeichnung des Winkels, in dem zwei Linien auf einander gerichtet sind. *πρὸς ὀρθήν* (sc. *γωνίαν*) de caelo 272 b 25, Meteor.

363 b 2, de incess. anim. 709 a 16, Mechan. 857 b 26, 29, 33, Probl. 897 b 4, 913 b 9, 26, 34, 914 b 22, 915 b 28, *πρὸς ὀρθάς*: Meteor. 373 a 14, Mechan. 849 a 36, *πρὸς ὄρθιον*: Mech. 851 b 27, *πρὸς ὁμοίαν γωνίαν*: Probl. 901 b 21, *πρὸς ὁμοίας γωνίας*: de caelo 296 b 20, 297 b 19, 311 b 33, Mech. 857 b 25, Probl. 915 b 19, 26, 35, *πρὸς ὀξεῖαν γωνίαν*: Mech. 857 b 21, Probl. 915 b 27. Auch temporal gibt *πρός* die Richtung an, s. de generat. anim. 778 a 25: *τὰ μὲν γὰρ οὐ πολιοῦται πρὸς τὸ γῆρας ἐπιδήλως*, s. 780 b 20, und ähnlich bezeichnet *πρός* öfter, namentlich bei der Angabe von Tages- und Jahreszeiten, „nach zu" „gegen".

Sodann drückt *πρός* auch in übertragener Bedeutung in der mannigfaltigsten Weise die Richtung nach etwas aus, so z. B. in der häufigen Redensart *τὸ πρὸς τὸ τέλος*, das auf den Zweck gerichtete, sich nach dem Zweck hin erstreckende, entgegenstehend dem *τέλος* selbst. Uebrigens kann die Richtung auch eine feindliche sein, selbst *ἀγαθὸς πρός* heisst bisweilen (ähnlich wie unser „gut für") so viel wie „gut gegen" s. hist. anim. 627 a 3: *ἀγαθὸν πρὸς ὀφθαλμοὺς καὶ ἕλκη*, mir. 844 b 30: *ἀγαθὸν δέ φασιν εἶναι καὶ πρὸς τὰς πληγὰς τοῦ σκορπίου ἐπιφαγεῖν αὐτήν*. Aus der Bedeutung der Richtung entwickelt sich dann leicht die des Zweckes, und so steht *πρός* öfter parallel mit *ἕνεκα*, s. z. B. Polit. 1341 b 38: *καὶ γὰρ παιδείας ἕνεκεν καὶ καθάρσεως —, τρίτον δὲ πρὸς διαγωγήν, πρὸς ἄνεσίν τε καὶ πρὸς τὴν τῆς συντονίας ἀνάπαυσιν*, so auch oft vor dem Infinitiv mit *τό*. Doch ist dies alles dem gewöhnlichen Gebrauch durchaus entsprechend, hervorzuheben sind nur einzelne Redensarten: *πρὸς ἡδονήν* zu Gefallen s. Eth. N. 1126 b 12: *οἱ μὲν ἄρεσκοι δοκοῦσιν εἶναι, οἱ πάντα πρὸς ἡδονὴν ἐπαινοῦντες καὶ οὐθὲν ἀντιτείνοντες*. s. 1127 a 18, Eth. Eudem. 1221 a 27, ähnlich *πρὸς χάριν*: Rhet. 1354 b 34, *πρὸς ἐπήρειαν καὶ χάριν*: Pol. 1287 a 38; Top. 160 a 3: *πρὸς εὐλάβειαν εὐηθείας*, de part. anim. 683 a 24: *οὐδὲν ἡ φύσις εἴωθε ποιεῖν*

ὥσπερ ἡ χαλκευτικὴ πρὸς εὐτέλειαν ὀβελισκολύχνιον der
Billigkeit halber.

. Am allerhäufigsten aber dient πρός dazu, das Verhältniss
zweier Begriffe, die Beziehung eines Begriffs auf einen andern
und damit seine Abhängigkeit von diesem auszudrücken. So
ist das πρός τι, worüber s. Cat. 6 a 36 ff., Met. 1020 b 26,
entgegengesetzt dem ἁπλῶς, ähnlich stehen sich oft καϑ᾽ αὑτό
und πρὸς ἄλλο entgegen, ein sehr gewöhnlicher Ausdruck ist
λέγεσϑαι πρός τι. πρὸς ἡμᾶς „im Verhältniss zu uns" steht
öfter dem entgegen, was aus der Natur einer Sache selbst folgt,
z. B. Eth. N. 1106 a 28: ἢ κατ᾽ αὑτὸ τὸ πρᾶγμα ἢ πρὸς
ἡμᾶς, sodann steht sich bei der Erkenntniss entgegen das
πρότερον φύσει und das πρότερον πρὸς ἡμᾶς, s. anal. post.
71 b 33 und dazu Trendelenburg Elem. Log. Ar. §19. εἶναι
πρός τι bedeutet öfter „in Beziehung stehen zu etwas," s. z.
B. Top. 159 b 39 ff. Das Gegentheil davon ist οὐδὲν εἶναι
πρός τι nichts zu thun haben mit etwas, s. Anal. post. 83 a 34:
ϙερετίσματά τε γάρ ἐστι, καὶ εἰ ἔστιν, οὐδὲν πρὸς τὸν
λόγον ἐστίν. Phys. 253 b 3: ἔτι δ᾽ αἱ περὶ τῶν ἀρχῶν
ἐνστάσεις, ὥσπερ ἐν τοῖς περὶ τὰ μαϑήματα λόγοις οὐδέν εἰσι πρὸς τὸν μαϑηματικόν, ὁμοίως δὲ καὶ ἐπὶ τῶν
ἄλλων. 258 b 13: ἕκαστον μὲν οὖν ἀΐδιον εἶναι τῶν ἀκινή-
των μὲν κινούντων δὲ οὐδὲν πρὸς τὸν νῦν λόγον. Rhet. 1415
b 4, Pol. 1341 b 6 und an andern Stellen. Oefter findet sich
auch der Ausdruck οὐδὲν διαφέρει πρός s. Eth. N. 1102 a 32:
οὐϑὲν διαφέρει πρὸς τὸ παρόν, ähnlich 1119 b 2 und sonst.
Der Begriff der Abhängigkeit tritt hervor in dem Ausdruck ζῆν
πρός τινα leben nach dem Willen, nach dem Gefallen jeman-
des, s. Eth. N. 1124 b 31: καὶ πρὸς ἄλλον μὴ δύνασϑαι ζῆν
ἀλλ᾽ ἢ πρὸς φίλον· δουλικὸν γάρ, Rhet. 1367 a 32: ἐλευ-
ϑέρου γὰρ τὸ μὴ πρὸς ἄλλον ζῆν, 1373 a 17 und öfter. εἶναι
πρός heisst öfter sich richten nach, angemessen sein, z. B. Pol.
1276 b 30: διὸ τὴν ἀρετὴν ἀναγκαῖον εἶναι τοῦ πολίτου
πρὸς τὴν πολιτείαν, ähnlich Pol. 1289 a 3. Nicht selten findet
sich πρὸς ὑπόϑεσιν, πρὸς ὑπόϑεσίν τινα, πρὸς τὴν ὑπό-

θέσιν nach einer Voraussetzung, nach der Voraussetzung, entgegenstehend dem ἁπλῶς; genaueres über die Bedeutung des Wortes ὑπόθεσις bei Aristoteles s. Waitz zu anal. pr. 40 b 25. Das, wovon etwas abhängig ist, kann auch als die Veranlassung desselben erscheinen, und so bedeutet πρός in einigen Wendungen „auf Veranlassung von" „auf etwas hin", so z. B. hist. anim. 610 b 24: πάντων γὰρ τῶν τετραπόδων κάκιστόν ἐστι, καὶ ἕρπει εἰς τὰς ἐρημίας πρὸς οὐδέν, ohne Veranlassung, im Gegensatz dazu steht πρὸς πᾶν, Eth. N. 1126 a 18: ὑπερβολῇ δ᾽ εἰσὶν οἱ ἀκρόχολοι ὀξεῖς καὶ πρὸς πᾶν ὀργίλοι καὶ ἐπὶ παντί. Dagegen scheint πρός bei Aristoteles nicht eigentlich den Grund anzugeben, so findet sich z. B. πρὸς ταῦτα nicht in der Bedeutung „darum" „deswegen."

Oft dient πρός dazu, zwei Dinge mit einander in der Weise zu vergleichen, dass das eine als Massstab des andern dient; s. hist. anim. 588 b 17: ὅλως δὲ πᾶν τὸ γένος τὸ τῶν ὀστρακοδέρμων φυτοῖς ἔοικε πρὸς τὰ πορευτικὰ τῶν ζῴων. de part. anim. 686 b 22 ff.: διὸ καὶ ἀφρονέστερα πάντα τὰ ζῷα τῶν ἀνθρώπων ἐστίν. καὶ γὰρ τῶν ἀνθρώπων, οἷον τά τε παιδία πρὸς τοὺς ἄνδρας ff. Pol. 1272 b 24: πολιτεύεσθαι δὲ δοκοῦσι καὶ Καρχηδόνιοι καλῶς καὶ πολλὰ περιττῶς πρὸς τοὺς ἄλλους, wir können es in derartigen Stellen mit „gegenüber" übersetzen. So dient πρός auch oft zur Angabe dessen, was einem Dinge einem andern gegenüber eigenthümlich ist, wodurch es sich von einem andern unterscheidet, sehr oft findet sich ἴδιος πρός, z. B. Pol. 1253 a 15: τοῦτο γὰρ πρὸς τἆλλα ζῷα τοῖς ἀνθρώποις ἴδιον, τὸ μόνον ἀγαθοῦ καὶ κακοῦ καὶ δικαίου καὶ ἀδίκου καὶ τῶν ἄλλων αἴσθησιν ἔχειν. de part. anim. 689 b 1: τὰ δ᾽ ὄπισθεν καὶ τὰ περὶ τὰ σκέλη τοῖς ἀνθρώποις ἰδίως ἔχει πρὸς τὰ τετράποδα und so sehr oft. Aehnlich steht πρός bei διαφέρειν, διαφορά, z. B. de part. anim. 676 a 36: τῶν δ᾽ ὄφεων οἱ ἔχεις πρὸς τοὺς ἄλλους ἔχουσι τὴν αὐτὴν διαφορὰν ἥν καὶ ἐν τοῖς ἰχθύσι τὰ σελάχη πρὸς τοὺς ἄλλους. 684 b 2: καθ᾽ ἕκαστον δὲ τῶν μορίων, τίς ἡ θέσις αὐτῶν καὶ τίνες διαφοραὶ πρὸς ἄλληλα, τῶν τ᾽ ἄλλων καὶ τίνι διαφέρει τὰ ἄρρενα τῶν θηλειῶν ff. - Aehnlich bei verwandten Verben, z. B. de anima 416 a 20: ἀφορίζεται γὰρ πρὸς τὰς ἄλλας δυνάμεις τῷ ἔργῳ τούτῳ, hist. anim. 561 b 23: εἶτ᾽ ἄλλος ὑμῖν περὶ αὐτὸ ἤδη τὸ ἔμβρυον, ὥσπερ εἴρηται, χαρίζων πρὸς τὸ ὑγρόν, Phys. 223 a 5: πρότερον γὰρ καὶ ὕστερον λέγομεν κατὰ τὴν πρὸς τὸ νῦν ἀπόστασιν, de caelo 294 a 5: ἀπόστημα τοῦ ἡλίου πρὸς τὴν γῆν und ähnlich an manchen andern Stellen. Endlich bedeutet πρός an mehreren Stellen „für", „zum Ersatz für", so διδόναι, λαμβάνειν πρός τι für etwas, z. B. Pol. 1257 a 27: οἶνον πρὸς σῖτον διδόντες καὶ λαμβάνοντες; s. ausserdem de part. anim. 682 b 6: ὅσα δ᾽ ἐλάττονας ἔχει πόδας, πηκτὰ ταῦτ᾽ ἐστὶ πρὸς τὴν ἔλλειψιν τὴν τῶν ποδῶν zum Ersatz für.

Zum Schluss seien noch einige öfter vorkommende Wendungen mit πρός angeführt. Einander entgegengesetzt sind πρὸς τὴν διάνοιαν dem Sinne nach, s. Met. 985 a 4: εἰ γάρ τις ἀκολουθοίη καὶ λαμβάνοι πρὸς τὴν διάνοιαν καὶ μὴ πρὸς ἃ ψελλίζεται λέγων Ἐμπεδοκλῆς, und πρὸς τοὔνομα, s. Soph. El. 170 b 13 ff. Einen anderen Gegensatz bilden πρὸς δόξαν des Scheins halber, zum Schein und πρὸς ἀλήθειαν, s. Rhet. 1365 b 1 (ὅρας δὲ τοῦ πρὸς δόξαν, ὃ λανθάνειν μέλλων οὐκ ἂν ἕλοιτο), 5, 1384 b 20, 21, 30, 1384 b 26, 1404 a 2, Anal. post. 81 b 22, Top. 105 b 30: πρὸς μὲν οὖν φιλοσοφίαν κατ᾽ ἀλήθειαν περὶ αὐτῶν πραγματευτέον, διαλεκτικῶς δὲ πρὸς δόξαν. 118 b 21: ὅρος δὲ τοῦ πρὸς δόξαν τὸ μηδενὸς συνειδότος μὴ ἂν σπουδάσαι ὑπάρχειν. Met. 1011 b 5, 7. πρὸς ἀνάγκην bedeutet Rhet. 1370 a 16 so viel wie ἐξ ἀνάγκης nothwendig. Nachdem nämlich in dem vorhergehenden gesagt ist, dass das Nothwendige (ἀναγκαῖον) unangenehm (λυπηρόν) sei, heisst es 14: τὰ δ᾽ ἐναντία ἡδέα. διὸ αἱ ῥαθυμίαι καὶ αἱ ἀπονίαι καὶ αἱ ἀμέλειαι καὶ αἱ παιδιαὶ καὶ αἱ ἀναπαύσεις καὶ ὁ ὕπνος τῶν ἡδέων· οὐδὲν γὰρ πρὸς ἀνάγκην τούτων.

ὑπό.

1. mit dem Genitiv.

In der localen Bedeutung „unter" findet es sich nur in ὑπὸ γῆς Meteor. 352 a 6, hist. anim. 555 b 27, ὑπὸ τῆς γῆς de caelo 294 a 3, Probl. 933 b 37, doch ist auch hier der Accusativ ὑπὸ γῆν viel häufiger. Am meisten findet sich ὑπό mit dem Genitiv dem allgemeinen Gebrauch gemäss bei Passiven, seltener gibt es bei einem gewöhnlichen Activ oder Medium die wirkende Ursache an, wie z. B. Met. 985 a 25: ὅταν μὲν γὰρ εἰς τὰ στοιχεῖα διίστηται τὸ πᾶν ὑπὸ τοῦ νείκους, τό τε πῦρ εἰς ἓν συγκρίνεται καὶ τῶν ἄλλων στοιχείων ἕκαστον· ὅταν δὲ πάλιν πάντα ὑπὸ τῆς φιλίας συνίωσιν εἰς τὸ ἕν, ἀναγκαῖον ἐξ ἑκάστου τὰ μόρια διακρίνεσθαι πάλιν. In einigen Ausdrücken berührt sich hier ὑπό mit ἀπό, so ὑπὸ φύσεως: de gener. anim. 775 a 20: πάντα γὰρ τὰ ἐλάττω πρὸς τὸ τέλος ἔρχεται θᾶττον, ὥσπερ καὶ ἐν τοῖς κατὰ τέχνην ἔργοις, καὶ ἐν τοῖς ὑπὸ φύσεως συνισταμένοις, de part. anim. 657 a 31: ἵνα ὀξὺ βλέπωσι τοῦτον τὸν τρόπον ὑπὸ τῆς φύσεως, Rhet. 1389 a 20: διάθερμοί εἰσιν οἱ νέοι ὑπὸ τῆς φύσεως. ὑπὸ τέχνης s. Eth. N. 1175 a 23: οὕτω γὰρ φαίνεται τὰ φυσικὰ καὶ τὰ ὑπὸ τέχνης, Pol. 1326 a 3: τὸ γινόμενον ὑπὸ τῆς τέχνης, Phys. 199 a 13. Met. 1033 b 8: γίνεται ἢ ὑπὸ τέχνης ἢ ὑπὸ φύσεως ἢ δυνάμεως.

2. mit dem Dativ.

Häufiger findet es sich nur in den naturwissenschaftlichen Schriften; die Bedeutung ist überall dem gewöhnlichen Gebrauch entsprechend. ὑπὸ τῇ γῇ s. de caelo 295 a 28. Aus den spätern Schriften führe ich an ὑπὸ ταῖς ἄρκτοις Physiogn. 806 b 16: οἱ μὲν γὰρ ὑπὸ ταῖς ἄρκτοις οἰκοῦντες ἀνδρεῖοί τέ εἰσι καὶ σκληρότριχες. ὑπὸ τῷ βορέᾳ Probl. 940 a 37: πόρρω ἡμῶν ἡ ἀρχὴ τοῦ νότου ἐστίν, ὑπὸ δὲ τῷ βορέᾳ οἰκοῦμεν. Aehnlich steht auch der Accusativ, s. Meteor. 350 b 6: ὑπ' αὐτὴν δὲ τὴν ἄρκτον ὑπὲρ τῆς ἐσχάτης Σκυθίας αἱ καλούμεναι Ῥῖπαι, vergl. Mirabil. 846 b 29: ὑπ' ἄρκτον, Probl. 893 a 33: ὑπὸ τὰς ἄρκτους.

3. mit dem Accusativ.

In der localen Bedeutung „unter" findet es sich sehr oft, temporal bedeutet es „während" „um". Es genügt hier auf einige Ausdrücke hinzuweisen. ὑπὸ γῆν oder ὑπὸ τὴν γῆν findet sich sehr oft, um nur die Stellen aus der Meteorologie anzuführen, s. 345 a 27, 349 b 4, 29, 351 a 11, 354 a 30, 355 b 35, 366 a 28, 367 a 12, 368 a 14, 16, b 9, 377 a 19, 378 a 10. ὑπὸ χεῖρα ad manum „sofort" „ohne Mühe" s. Meteor. 369 b 33, es heisst dort von 31 an: ὅμοιον γὰρ κἂν εἴ τις οἴοιτο τὸ ὕδωρ καὶ τὴν χιόνα καὶ τὴν χάλαζαν ἐνυπάρχοντα πρότερον ὕστερον ἐκρίνεσθαι καὶ μὴ γίνεσθαι, οἷον ὑπὸ χεῖρα ποιούσης ἀεὶ τῆς συγκρίσεως ἕκαστον αὐτῶν. Etwas anders wird ὑπὸ χεῖρα gebraucht Mirab. 834 a 27: εὑρέθη οἷς ἐχρῶντο ἀγγείοις πρὸς τὰς ὑπὸ χεῖρας χρείας ἀπολελιθωμένα, οἷον ἀμφορεῖς καὶ τὰ τοιουτότροπα. ὑπὸ κύνα bedeutet unter dem Hundsstern, zur Zeit des Hundssterns, s. Phys. 199 a 2, hist. anim. 547 a 14, 566 b 21, 569 a 14, 599 a 17, 602 b 22, 27, 633 a 13. ὑπὸ τὸν καιρὸν τοῦτον s. hist. anim. 537 a 15, ὑπὸ τὸν αὐτὸν καιρόν de gener. anim. 756 a 8, ὑπὸ τροπὰς θερινὰς hist. anim. 552 b 18, ὑπὸ τὴν ἐαρινὴν ὥραν hist. anim. 560 a 7, ὑπὸ τὴν ὀπώραν 615 b 30; Pol. 1303 a 8: καὶ ἐν Ἀθήναις ἀτυχούντων πεζῇ οἱ γνώριμοι ἐλάττους ἐγένοντο διὰ τὸ ἐκ καταλόγου στρατεύεσθαι ὑπὸ τὸν Λακωνικὸν πόλεμον. 1306 b 38: συνέβη δὲ καὶ τοῦτο ἐν Λακεδαίμονι ὑπὸ τὸν Μεσσηνιακὸν πόλεμον. Sehr oft dient ὑπό in übertragener Bedeutung dazu, um die Unterordnung unter ein allgemeines auszudrücken, so findet sich sehr oft εἶναι ὑπό τι, πίπτειν ὑπό τι, τὰ ὑπό τι das, was unter etwas, in das Gebiet von etwas fällt, s. z. B. Anal. post. 71 a 19: ὅσα τυγχάνει ὄντα ὑπὸ τὸ καθόλου, Top. 102 a 37: ὑπὸ τὴν αὐτὴν μέθοδον πίπτει, Anal. post. 97 a 3: ὁμοίως δὲ καὶ τῶν ἄλλων ἑκάστου, καὶ τῶν ἔξω γένους καὶ τῶν ὑπ' αὐτό und ähnlich an sehr vielen Stellen.

Dagegen hat ὑπό τι nicht, wie öfter bei Plato, die Bedeutung „einigermassen". In ganz ähnlicher Bedeutung wie πίπτειν ὑπό steht übrigens πίπτειν oder ἐμπίπτειν εἰς, so, um nur aus der Metaphysik Beispiele anzuführen, 986 a 15: εἰς τὰς εἰρημένας ἐμπίπτουσιν αἰτίας, 1005 a 1: αἱ δ᾽ ἀρχαὶ καὶ παντελῶς αἱ παρὰ τῶν ἄλλων ὡς εἰς γένη ταῦτα πίπτουσιν, 1013 b 16, 1064 a 18, 1071 a 8.

Verlag der Weidmannschen Buchhandlung (J. Reimer) in Berlin.

Druck von W. Pormetter in Berlin.